《站在世界舞台上的浙商》编委会 编

浙商
站在世界舞台上的

G2O 2016 CHINA

《浙江故事》丛书

红旗出版社

《浙江故事》丛书序

　　浙江自古为富庶繁华之地，素有"鱼米之乡、丝茶之府、文物之邦、旅游胜地"的美誉。千百年来，浙江独特的地理环境和深厚的历史积淀，锤炼了浙江人兼容并蓄、励志图强的情怀气度，探索走出了一条独具浙江特色的富民强省之路，成为中国最具发展实力和活力的省份之一。

　　杭州是人文璀璨、风物繁盛的美丽浙江的杰出代表。在2015年土耳其安塔利亚峰会上，习近平主席介绍杭州"风景如画，堪称人间天堂"，2016年杭州G20峰会"将会给大家呈现一种历史和现实交汇的独特韵味"。

　　多彩大地，成就锦绣文章。我们将杭州G20峰会作为让全世界感知中华文化、浙江故事、杭州风采的重要契机，立足历史，把握现实，精心编写推出了《浙江故事》丛书。

　　这一本本清新别致的小册子，既讲述浙江人民厚德崇文、创业创新的精神品格，也描绘山清水秀、人杰地灵的景观胜境；既缅怀浙江出类拔萃、震铄古今的历史文化名人，也描述千姿百态、光辉灿烂的物质文化遗产；既解读5500多万浙江人民创造美丽浙江、美好生活的澎湃动力和基因所在，也彰显浙江人向上向善、文明进步的时代精神，全方位呈现浙江的山水之美、人文之美、生态之美、发展之美。

　　我们把这些跨越历史、跨越国度的美好事物传递给广大读者，不仅是要把中国魅力与浙江风采有机融合起来，努力奏出集山水自然风韵与精神内涵神韵于一体的浙江独特韵味,让世界领略到浙江和杭州的别样精彩;同时,也是要造就跨越中西的文化之桥、友谊之桥、理解之桥,使大家在G20和杭州的美丽邂逅中,在现代与历史的交汇中,凝心聚力,共同促进"创新、活力、联动、包容"的世界经济和社会发展。

是为序。

本书序

/一

　　纽约时间2014年9月19日,阿里巴巴集团董事局主席马云出现在纽约证券交易所。经过十余年成长,阿里巴巴在纽交所上市,刷新了美股史上最大IPO的纪录,全球最顶级企业俱乐部见证了一家中国企业的荣耀登场。

　　从来没有一家企业的上市像阿里巴巴那样,成为中国人一起欢腾的时刻。与其说,这是因为一家知名企业的诞生,不如说,中国经济因此找到了新的自豪感。

　　以浙商为代表的中国企业家开始走向世界舞台的中心。他们主动与世界商业巨子打交道,与各国政界要员坐在一起谈下一个投资机会。这是中国经济数十年间出现的一道亮丽的风景。

　　感谢这个时代,感谢祖国——许多企业家由衷感慨。1978年,中国开始拉开改革开放的大幕;2001年,中国加入世界贸易组织(WTO);至2010年底,中国从一个经济总量无足轻重的发展中国家,一跃而成GDP位列世界第二的经济体,中国丰沛的商业土壤为企业的发展提供了无穷的养分,甚至为世界经济注入了增长动力。

　　浙江地处中国东南沿海长江三角洲南翼,东临东海,与上海为邻。作为中国面积最小的省份之一,10.18万平方公里、只占全国国土面积1.06%的浙江,是市场经济最活跃的区域之一。不可思议的是,从这里走出的约800万浙商分布在世界各地做着各种生意，他们被称为"东方的犹太人"。

二

经过遴选，我们辑录了20位浙商的精彩商业故事和人生经历。其中，一个重要的入选标准是这些企业积极参与全球商业活动，展示了当代浙商的独特气质。

我们的视野里包罗了农耕时代的创业者、工业时代的开创者、互联网时代的冒险者等数百位浙江企业家，最终入选的20位企业家在如何赢得生活、创造价值上做出了示范性的榜样，未来，他们还将会走得更远。

我们并不讳言，无数国际企业的奋斗故事深深打动了中国的企业家，就像福特之于吉利控股集团的创始人李书福一样，激励后者踏上了汽车工业这条大道，并产生了全球影响力；就像巴菲特之于复星集团的郭广昌一样，引导后者循着前者的脚步，把世界的资源与中国动力进行嫁接，创造出很多新的商机；就像日本的丰田之于迈向高端制造的中国企业一样，促使后者不断地从模仿到超越，在中国这座世界工厂培育出新的生机。

海外的商业文明，与起源于江南的浙江商业文化不断交织融汇。美国创造的商业模式、德国先进的管理经验、日本极致的工匠精神，与伴随中国崛起的浙商实践，碰撞出大量创新的火花，通过交流、合作，冲破彼此间成见的屏障，共同创造出新的商业文明。

　　改变人类生活方式、推动世界进步，是全天下企业家的共同愿景。从这个角度来说，天下企业家的心灵是相通的，他们只是从上天那里承担了管理财富的职责和使命。

　　我们回头去观察中国企业家这部宏大的创业史诗：浙商身上的开拓精神、冒险精神带有一个时代的精神烙印。他们与欧美等成功的企业家一样，推动了时代的进步。我们相信，下一个摩根式的银行家、下一个卡内基式的钢铁大王、下一位乔布斯式的人物，一定会在东方出现。

三

　　中国是一个礼仪之邦，5000年的人类文明在这里不断演进。G20，不仅是展示好客东方的窗口，更是中国人打开窗户让世界了解我们的一个契机。

　　商业是一个融合的过程。因为生意，地球变成了地球村。生意是消除隔阂的流动的语言，企业家是求同存异最大公约数的创造者。

G20旨在构建创新、活力、联动、包容的世界经济，包括浙商在内的中国企业家也承载了这样的使命。浙商已经成为这个丰富多彩的商业领域的书写者、融入者，未来他们还是新秩序的定义者。

《站在世界舞台上的浙商》编委会

2016年6月

前言

杭州G20峰会是中国2016年最重要的外交战场。

我们要讲好杭州故事,讲好浙江故事,讲好中国故事。

企业家是世界交流的通行证。商业交流与沟通,如同音乐之于语言一样,可以唤起国与国之间的共鸣。

浙商集中体现了中国改革开放以来的企业家精神,他们是活跃于世界舞台、与全世界做生意的高手;他们的故事,是中国经济融入世界的故事。

为了全面立体地体现浙商的发展与创新,展示浙商与中国经济、世界经济的互动,我们推荐20位浙商作为《站在世界舞台上的浙商》的主角。

目录

纽约时间2014年9月19日9点30分,阿里巴巴集团正式登陆纽交所。图为马云在纽交所为阿里巴巴上市敲钟。CFP 供图

站在世界舞台上的浙商 | 马云

马云:国家元首座上宾

马云

阿里巴巴集团董事局主席

重要时刻

纽约时间2014年9月19日,阿里巴巴集团于纽约证
券交易所正式挂牌上市;

同年12月11日,据彭博亿万富翁指数,马云身家超
过李嘉诚3亿美元,成为亚洲首富。

2016年5月17日，阿里巴巴集团董事局主席马云与美国总统奥巴马在白宫共进了午餐。

这不是马云与奥巴马的首次会面。2015年，两人已在APEC工商领导人峰会期间有过一次同台对话，讨论了环境保护与气候变化等问题。

仅仅数天之后，5月23日，比利时国王菲利普也邀请马云出席高科技行业聚会。比利时首相米歇尔特意在推特（Twitter）上晒出与马云的合影。马云赴比利时，可不只为简单吃一餐饭，更是为比利时与阿里巴巴在跨境电商、支付宝等方面的合作造势。

马云或许是最受世界各国元首"厚爱"的中国企业家了。在与其会面过的国家元首名单中，还有德国总理默克尔、法国总统奥朗德等。

2015年10月份，马云还受邀出任英国首相戴维·卡梅伦的特别经济事务顾问。

他和他创办的阿里巴巴，已经成为中国互联网经济的一个符号。

2009年9月10日，马云以朋克造型庆祝阿里巴巴十周年。

CFP供图

"让天下没有难做的生意"

马云的创业故事在中国已经家喻户晓。

他曾是一名英语老师。

得益于流利的英语，在一次帮助杭州市政府与美国一家公司谈高速公路合作的过程中，马云首次接触到了互联网。

随后，马云创立了中国第一家真正意义上的商业网站——"中国黄页"，并参与了外经贸部网上贸易站点的建设。

1999年，马云和他的家人、同事、学生、朋友共18人开始重新创业。创业启动资金只有50万元，地点就在杭州湖畔花园马云自己家里。

这个诞生时毫不起眼的团队，日后成为全球最大的零售体——阿里巴巴。

马云带领阿里巴巴摸索B2B模式，帮助中小企业主找海内外买家，进行线上交易。"让天下没有难做的生意"这句经典名言，从此写进了中国商业史。

自阿里巴巴之后，中国互联网经济的黄金时代来临。马云梦想成真，无数中小企业搭乘阿里巴巴的轮渡，驶向了大洋的彼岸。

全球最大移动经济体

阿里巴巴"2016财年年报"显示，阿里巴巴已经成为全球最大的移动经济体，其零售平台交易额达3.092万亿元人民币，差不多是2015年中国社会零售品消费总额的1/10。全球零售巨无霸企业沃尔玛达到这个数字花了54年，而阿里巴巴用了13年。

而今，阿里巴巴已经形成三大主营业务：核心商务、云计算和移动媒体娱乐平台，并将服务全球20亿消费者和1000万企业作为长期战略目标，来扎实执行全球化、农村发展、大数据和云计算这三大集团战略。

除了阿里巴巴之外，马云庞大商业王国中的明珠："蚂蚁金服"、"菜鸟网络"和"口碑"等关键性业务,也分别在金融、物流、餐饮服务等领域改写着商业的生态,对中国商业社会产生了巨大影响。

马云的创业故事亦激励了无数人。中国一大批年轻人投入到了互联网和新经济的创业大潮中。

除了本身的业务以外,马云还通过并购与收购,为阿里生态圈开疆辟土。优酷土豆、高德地图、滴滴打车等如今风光无限的互联网企业背后,都有阿里巴巴和马云的身影。

谱写公益新传奇

属于马云的传奇故事还在继续。

马云正在将越来越多的精力和资源投向公益。最近,在阿里巴巴"2016财年年报"中,马云又以书面形式作出三项承诺,引来外界关注。其中两项承诺与慈善有关:马云将自己在云锋基金(由马云和部分著名企业家创立的私募基金)所得收益,全部捐赠给阿里巴巴公益基金或其他慈善实体,且不会使用上述捐赠去申请任何适用的所得税减税。

2010年,马云牵头设立阿里巴巴公益基金。

2014年,马云和蔡崇信共同捐出个人持有的、相当于阿里集团总股本2%的股份用于慈善。这笔捐款如今成了亚洲最大的个人公益信托基金之一。这一年,他以相当于145亿元人民币的捐赠额,被胡润慈善榜评为中国首善,并超越了美国Facebook的扎克伯格。

2015年,为吸引社会对乡村教师和农村教育的关注,曾做过教师的马云正式发起"马云乡村教师计划暨2015首届马云乡村教师奖"。积极投身公益的马云,正试图以自己的努力拓展"企业家"这个定义的外延。

(姚恩育)

经典语录

1. 今天会很残酷,明天会很残酷,后天会很美好,但大部分人会死在明天晚上。

2. 生意越来越难做,关键是你的眼光。你的眼光看到的是全中国,就是做全中国的生意;你的眼光看到的是全世界,就是做全世界的生意。

站在世界舞台上的浙商｜李书福

李书福：收购沃尔沃

李书福

吉利集团董事长

重要时刻

2010年8月，在瑞典的斯德哥尔摩，吉利以18亿美元的价格收购瑞典汽车企业沃尔沃轿车100%的股权；2012年，吉利控股集团以营业收入233.557亿美元首次进入《财富》世界500强企业，是唯一入围的中国民营汽车企业。

2015年12月17日，第二届世界互联网大会在浙江乌镇举行。李书福作为大会唯一汽车行业代表发表主题演讲。

　　李书福介绍说，自动驾驶将引发一系列变革，包括消费者出行和生活方式的变革，而在这一领域，沃尔沃全面领先行业。

　　2015年3月26日，沃尔沃在北京西六环马路上成功进行自动驾驶测试，这是全球品牌第一次在中国呈现该技术。2015年年底，沃尔沃CEO汉肯·塞缪尔森在华盛顿宣布，对于汽车在自动驾驶过程中产生的交通事故，沃尔沃将负全部责任。这一宣布结束了业界长期以来的争议。之后，奔驰、宝马、奥迪也纷纷宣布对自动驾驶汽车造成的交通事故负责。

　　2017年，瑞典将拿出100公里高速公路和100辆沃尔沃完全自动驾驶汽车供民众使用。中国交通部也正与吉利商议在中国进行自动驾驶方面的科研合作。

　　从7年前那个严重亏损的沃尔沃，到今天这个充满自信的沃尔沃，这个世界顶级汽车品牌的巨变，实际上都源自这位正在发表主题演讲的浙商李书福。

2013年，李书福在全国"两会"提案媒体沟通会上回答记者提问。
CFP供图

多次流泪

1998年8月8日，吉利集团第一辆汽车——"吉利豪情"在浙江临海的生产基地下线。为了庆祝正式投产，董事长李书福向全国发了700多张请柬，摆下100多桌酒席。可是这天快到10点钟了，邀请的相关领导和嘉宾还没有一个前来。原因很简单，因为这款车属于"异地生产"，没有准生证。正当李书福陷入绝望之际，时任浙江省副省长叶荣宝急驶300多公里，从杭州赶到临海来参加这次下线仪式。一看到这位女领导，李书福的两行热泪就哗哗地流了下来。

这不是李书福的第一次流泪。事实上，在李书福刚刚进入汽车产业的那几年，他借着夜色不止一次地哭过——尽管第二天又会精神抖擞地出现在员工面前。这也不是李书福最后一次流泪。10年后的2008年，当听说奥巴马当选美国总统的时候，李书福哭了。"他当总统跟我有什么关系啊？但是我也流眼泪了。因为我觉得他不容易。我们有折腾经历的人都明白，要做成功一件事情有多么艰辛。"

收购沃尔沃

然而，就是这位多次流泪的李书福，在此后的创业征程中，一次次地吸引了世界的目光。

2007年5月，在吉利集团生产汽车的第10个年头，李书福宣布吉利进入"战略转型期"，"转型"的目标就是做汽车产业的"贵族"。

2007年秋天，在李书福的带领下，吉利集团牵头成立了沃尔沃并购项目组。2009年10月28日，福特正式宣布浙江吉利控股集团成为沃尔沃竞购的首选竞购方。2010年8月，吉利集团最终以18亿美元——比原先标价整整少了42亿美元的价格，接收沃尔沃汽车集团全部资产和知识产权，包括3家工厂、1万多项知识产权，还有弥足珍贵的数据库等。它标志着，由浙商创造的中国第一家跨国汽车公司由此诞生。这一年，李书福被英国媒体评为"世界汽车产业最有影响力的人物"之一。

中西融合

吉利接手沃尔沃后,采取了"沃人治沃,放虎归山"方略。

"沃人治沃",即以有边界的目标管理为导向,给予沃尔沃管理层充分自由,即目标管理主观能动。

"放虎归山",就是让沃尔沃恢复历史辉煌。在福特旗下那些年,沃尔沃工人只是上班下班,缺乏主人翁精神,就像一只被关在笼子里的老虎。吉利要让其重回山中,充分释放活力和闯劲。

在这样的方略指导下,沃尔沃被吉利收购后当年即扭亏为盈。2010年,沃尔沃营业收入达到1130亿瑞典克朗,实现全年税前利润扭亏为盈,为23.4亿瑞典克朗,较上一年度增长75.25亿瑞典克朗。5年后的2015年,沃尔沃全球销量首次突破50万辆大关,创下了89年历史上首次销量超过50万辆的纪录,营业收入达到1640.43亿瑞典克朗,净利润达到44.76亿瑞典克朗。

"沃尔沃是沃尔沃,吉利是吉利,两者是兄弟关系,而非父子关系。"吉利收购沃尔沃后,李书福一再强调这两者之间的关系。

一位沃尔沃高管说,在收购沃尔沃之后的6年时间里,沃尔沃从吉利学到了以创业心态面对市场,提升了快速反应能力;吉利从沃尔沃学到了科技创新、管理理念,在学习西方商业文明中逐渐成长。

事实上,吉利的跨国之路并未结束。2009年3月,正当全世界媒体都在热议李书福收购沃尔沃的时候,李书福在一个月之内就快速锁定并收购了全球第二大汽车变速箱厂DSI,使之成为吉利旗下全资子品牌;2013年2月,吉利再次以1104万英镑的价格收购了英国经典出租车生产商——锰铜公司的业务与核心资产。

美国《华尔街日报》《福布斯》杂志和英国《金融时报》《泰晤士报》等西方媒体关于吉利的报道不时见诸报端,认为吉利并购改变了资源兼并等中企海外并购传统模式,形成了一套治理跨国公司的有效体系。

(王文正)

经典语录

1. 让中国的汽车走向全世界，而不是让全世界的汽车跑遍全中国。

2. 造汽车没什么神秘的，无非就是四个轮子加一个方向盘，再加一个发动机。

"吉利帝豪"正在走下生产线。

鲁统磊 摄

鲁冠球：挺进美国的中国常青树

鲁冠球

万向集团董事局主席

重要时刻

1991年5月，鲁冠球成为美国《时代周刊》封面人物；

2007年并购美国AI公司，标志着万向进入全球汽车

产业链的核心层。

2016年,距离中国最大的汽车零部件生产商万向集团收购美国豪华混合动力跑车制造商菲斯科(Fisker)已过去两年,其首款车型Karma Revero将由万向旗下的Karma公司在美国生产,2017年或将在国内上市。

今年71岁、曾随国家领导人四年三次访美的万向集团董事局主席鲁冠球,常以笑脸示人。作为最受中国人尊敬的老一代企业家,鲁冠球说话中气十足,每次出场都有一股强大的气场。

鲁冠球广为流传的一句话是,他要做洋人的老板。今天,他做到了。

万向纯电动客车是鲁冠球迈出造车梦的第一步。

鲁统磊 摄

从小铁匠到全球行业领袖

作为新中国最早的一批创业者，今年71岁的鲁冠球15岁辍学，做过打铁匠。3年的铁匠生活使鲁冠球对机械农具产生了狂热的爱好。在1969年以4000元起家，他至今已经创业47年。鲁冠球说："别人工作5天，你就365天都不休息，尽心、尽责、尽力去做，一定能成功。这就是我的成功秘诀。"

无论道路多么艰难，鲁冠球对自己的国际化道路从未放弃过。

1990年，鲁冠球开始谋取国际市场。他的"钱潮牌"万向节产品打开了日本、意大利、法国、澳大利亚等18个国家和地区的市场。

1991年，万向产值过亿。当年5月，鲁冠球成为美国《时代周刊》封面人物，轰动一时。

1994年，万向美国公司在美国注册成立，这是鲁冠球为整合海外资源而投下的一枚重要棋子。3年后，万向集团正式敲开世界汽车业巨头美国通用的大门，成为为通用提供零部件的OEM（原始设备制造商）。

2000年，万向收购了第一个购买万向产品的海外公司美国舍勒；2001年，万向收购美国上市公司美国七大汽车零部件供应商之一的UAI，开创中国乡镇企业收购海外上市公司先河。

2003年，万向收购全球最大的翼形万向节传动轴一级供应商——美国路克福特公司；2005年6月，万向收购美国方向连杆企业——PS公司，成为美国通用、福特、克莱斯勒等三大主机厂的一级供应商。2007年并购美国AI公司，标志着万向直接进入了全球汽车产业链的核心层。

如今，万向已经成为一家真正意义上的跨国公司。2005年之前，万向在海外投资的平均年净资产回报率超过50％，在海外工厂的平均年净资产回报率超过80％，远远高于美国同行平均水平。2008年《福布斯》（中文版）评价鲁冠球："万向集团在美国汽车零部件领域的成功并购和发展，使其掌舵人鲁冠球成为该领域的全球领袖。"

抓住新能源汽车新机遇

鲁冠球心中始终有一个造车梦。

2013年1月,万向完成对美国电池制造商A123系统公司的收购。此次收购,曾被业界解读为其发力电动零配件的一个重要动作。次年2月,万向美国分公司以1.49亿美元的价格成功购得美国电动车公司菲斯科,获得整车制造技术。2015年,万向与上海汽车集团股份有限公司合资成立新能源客车企业,在杭州建立新能源客车生产基地,共同开拓节能环保汽车新市场。自2013年起的短短3年间,万向从汽车零部件厂商逐步发展成拥有电池、电机、电控及整车研发与制造的企业,待Karma汽车实现国产,万向的新能源汽车闭环产业链就完整了。

从1999年涉足新能源汽车至今,万向新能源研发投入已超20亿元。万向不停地搞技术研究,不停地从通用等跨国公司挖高管,试图用现代管理模式支撑起新能源汽车产业的快速发展。

中国民企错过第一波世界汽车工业的发展机遇,今天不能再错过新能源汽车的新机遇。2015年,中国累计生产新能源汽车37.9万辆,居全球第一。鲁冠球的新能源汽车布局的战略意义不言自明。

做"洋人"的老板

初中都没毕业的鲁冠球,被管理学大师们尊为"农民理论家"。鲁冠球自我管理严格,再忙也要每天抽出一两个小时读书、做笔记。他长期保持的工作习惯是:早上5点10分起床,6点50到公司,晚上6点45下班回到他那1983年修建的农家小楼里,和妻子一起吃晚饭;7点开始看《新闻联播》《焦点访谈》,8点处理白天没忙完的文件,9点开始看书看报;10点半冲个澡后继续学习,零点准时睡觉。这些年,率领万向征战四方之余,鲁冠球撰写了120多篇切中中国经济要害的理论文章,是中国企业家著述最多的人之一。

鲁冠球说过,要"做洋人的老板,用洋人的资本,收购洋人的企业,赚洋人的钱"。他是这么想的,也是这么做的。　　　　　　　　(姚珏)

经典语录

1. 一切都是干出来的，别人工作 5 天，你就 365 天都不休息，尽心、尽责、尽力去做，一定能成功。

2. 走向世界的过程，就是学习提高的过程。在这一过程中，只有老老实实，甘为人下，潜下心来，学到真本领，才能有前途。

郭广昌:中国巴菲特

郭广昌

复星集团董事长

重要时刻

2007年7月,"复星国际"在中国香港实现集团整体上市,融资110亿港元,成为当年香港联交所第三大IPO;2016年据《福布斯》杂志公布,"复星国际"位列全球上市公司2000强榜单的第434位。

2017年10月，中国版的亚特兰蒂斯酒店将要在三亚海棠湾开业。这个复星集团投资110亿元、由迪拜亚特兰蒂斯酒店管理方科兹纳集团负责管理的项目，是复星集团在高端旅游地产领域的又一次积极尝试。

和正热衷旅游产业投资的许多企业不同，复星集团通过全球化战略收购或入股海外成熟旅游企业，将其引入中国进行经营。在加快全球化进程的同时，更试图通过布局旅游全产业链整合多元跨界资源，打造全球生态圈。

2016年4月，复星在海外投资并购中还第一次涉足了日化行业——以4.96亿元人民币买下了以色列"国宝级"护肤品牌AHAVA，后者成立于1988年，主打死海泥矿物护肤。

两桩投资收购案都与复星近年来致力于的"健康""快乐"板块紧密相关，体现着其投资路径从早年的房产、医药和矿业向轻资产和中国家庭消费升级领域的延伸。

今年49岁的复星集团董事长郭广昌，被称为"中国巴菲特"，秉承"中国动力嫁接全球资源"战略，其掌舵的复星集团，总资产超过人民币4000亿元，其中富足、健康和快乐三大板块总资产超过人民币3000亿元。创立近25年，复星集团已经成为中国最大的民营企业之一，其商业版图涵盖综合金融、房地产开发与销售、医疗医药、旅游等多个领域。截至2015年底，在郭广昌的带领下，复星集团在海外投资总额已经超过百亿美金，旗下保险板块可投资资产突破人民币1600亿元，直接管理的基金规模超过人民币600亿元。

复旦大学的模范生

1992年，毕业于复旦大学哲学系的郭广昌受到中国改革开放总设计师——邓小平南方谈话的感召，放弃在校任职，开始创业。他凭借3.8万元的启动资金，与校友一起注册创立广信科技咨询公司。

在不足15平方米的房间里诞生的这家咨询公司，就是复星最早的雏形。当时，公司最值钱的家当是一台386电脑。为了跑业务，郭广昌经常骑着一辆28英寸横梁自行车穿梭在上海的大街小巷。也就是在那一年，25岁的郭广昌和他的同伴们一起，通过为元祖、太阳神、乐凯胶卷等公司做市场调查报告，赚到了人生的第一桶金。到年底，公司账目上就存了整整100万元人民币。

此后，郭广昌领导下的复星集团强调"多元化"发展，不断地进入医疗医药、房地产、钢铁、金融服务、旅游等行业，沃伦·巴菲特、李嘉诚等商界领袖均是郭广昌和他的伙伴们学习的榜样。

郭广昌说，复星现在的目标就是为中国家庭"富足、健康、快乐"的生活方式提供一站式解决方案，领导复星成为"以保险为核心的综合金融能力"与"根植中国、有全球产业整合能力"双轮驱动的世界一流投资集团。

中国动力嫁接全球资源

2007年，复星国际在香港上市，郭广昌提出"中国动力嫁接全球资源"的战略，开始全球化的投资布局，并在之后多年一直持续收购优质资产，而2014年以来几笔关键性的有关保险板块和旅游产业的投资并购，奠定了复星植根中国的全球企业的坚实基础。

在其综合金融板块，2014年，复星集团以10亿欧元收购了占葡萄牙保险市场近30%份额的Fidelidade保险公司80%的股权；同年，复星从日本私募股权投资公司Unison Capital手中收购了不动产管理公司IDERA，并以此为平台先后收购了东京天王洲花旗银行中心、品川公园大厦。此后，又先后设立了英国投资及资产管理平台

Resolution Property和俄罗斯综合性金融平台复星欧亚资本。

围绕"富足、健康、快乐",复星在全球展开了一系列令人瞩目的投资并购交易,包括收购度假村运营商地中海俱乐部、入股太阳马戏团、投资和睦家、全资收购葡萄牙Luz Saúde医疗集团、入股英国百年旅游代理公司Thomas Cook等。

投资银行软件和数据定制服务商Dealogic的数据显示,2014年至2015年两年间,复星集团在海外收购方面的支出达100多亿美元。

中国的巴菲特

鉴于复星在保险业等多领域的投资经验,外媒曾将其比做迷你版的伯克希尔·哈撒韦公司,而英国《金融时报》则把郭广昌称为"中国的巴菲特",郭广昌自己也多次表达自己是巴菲特的"中国门徒"。

目前,复星集团在"保险+投资"的商业布局日臻成熟。郭广昌说,复星的愿景是致力于成为世界一流的保险控股集团,在保险投资和保险管理方面具备一流的能力。截至2015年12月31日止,复星集团旗下保险板块业务总资产已达到1806亿元人民币,占复星集团总资产的比例由2014年底的32.9%上升至44.6%。

不过,和过去数年在欧洲和美国等发达市场频频发力的策略不同,2016年5月,郭广昌在接受某财经媒体专访时也表示,复星的投资策略也在不断变化调整,将更加关注新兴市场出现的投资机会,坚持"价值投资"。

"由于整体估值已经变得过高的缘故,投资机会越来越少了,尤其在欧洲和美国市场上更是如此。"郭广昌表示,在关注欧美等发达市场的同时,复星在海外也将"积极寻找"巴西、俄罗斯、印度等新兴市场的投资机会。

郭广昌已经成为中国商人海外投资的标杆人物,复星集团也已成为中国民营企业"走出去"的经典范例。郭广昌把中国动力与全球的资源进行有效对接,不失为一种商业全球化时代的中国式创新。　　　　(姚珏)

CFP供图

经典语录

1. 民间投资才永远是最有效率的投资。所以要更多地引导民间投资,使民间资本活跃起来。

2. 不管是哪一种投资,我都希望对被投公司作出有价值的贡献,实现价值创造。

2012年,复星国际20周年庆时公司内部一角。

鲁统磊 摄

鲁统磊 摄

宗庆后:穿布鞋的中国首富

宗庆后

杭州娃哈哈集团董事长

重要时刻

2010年,宗庆后首次登上胡润全球百富榜内地榜首;

2012年10月12日,《福布斯》发布中国富豪榜单,宗

庆后再次登上首富的宝座。

娃哈哈杭州生产基地，两台处于作业状态的码垛机器人正在忙碌。红色的机械手臂将一箱箱娃哈哈"营养快线"从流水线上取下，整整齐齐码成垛，定位精度达到正负0.05毫米。

一瓶饮料的出厂，要经历调配、灌装、包装等20多道工序，在娃哈哈的数十条饮料生产线上，这些工序率先实现了全自动化生产。在码垛这一环节，便由专门的码垛机器人来完成。

这个庞大的饮料王国，正试图在其分布于全国各地的400多条生产线上全部实现机器人作业，而它也是中国目前唯一一家在生产车间大规模使用机器人的食品饮料企业。

这个饮料王国的缔造者正是中国传奇商业人物之一宗庆后。

他曾三次问鼎中国首富，却常年穿着一双价值不超过100元人民币的黑色布鞋。

即便到了今天，娃哈哈出厂的每一种饮料，宗庆后都要亲自尝过，他自称"可能是全世界喝过最多饮料的人"。

多年来，他始终保持着创业之初的习惯——没有随从，一年中有200多天奔波在销售一线；一个人深入中国的大小乡镇调查市场；每年亲自撰写100多篇营销通报。

一年超过200天，宗庆后不倦地"走读"全国各地的娃哈哈生产基地和饮料市场。

卖水卖成中国首富

和很多从年轻时就开始创业的企业家不同，宗庆后42岁才踩着三轮车代销棒冰、汽水开始创业，在两大世界饮料巨头可口可乐和百事可乐的包围下，抢得一片阵地——从1999年至今，娃哈哈一直稳坐中国饮料行业龙头宝座。

在由诺贝尔奖得主罗伯特·蒙代尔教授担任主席的世界品牌实验室发布的2015年度《中国500最具价值品牌》排行榜上，娃哈哈位居食品饮料行业榜首。

在宗庆后的掌舵下，娃哈哈已拥有80多个生产基地、180多家子公司，拥有饮料、乳制品、罐头食品、婴幼儿配方食品、保健食品、酒、药品、智能装备8大产业，建立了遍布全中国的营销和渠道网络，并进入中国企业500强、中国制造业500强、中国民营企业500强榜单，是中国规模最大、效益最好的饮料生产企业，在全球范围内也仅次于可口可乐、百事可乐等跨国巨头。

得益于娃哈哈的出色表现，宗庆后在2010年、2012年和2014年三次问鼎中国首富，个人资产达800亿元。

宗庆后为娃哈哈量身定制的一张遍布中国每一个角落的营销网络，以其独有的特点撬动了整个中国市场，从一线大城市的沃尔玛超市到新疆阿尔泰山、青藏高原的杂货店，都能买到娃哈哈的产品。

特别"抠门"却愿意高价研发机器人

这位首富对饮食很少讲究，豆腐乳和咸菜是他的最爱。在杭州总部，他一日三餐都在食堂解决；不在杭州的日子，若无商务宴请，一个盒饭就可以打发。

几年来，每逢全国"两会"，作为全国人大代表的宗庆后都会在北京举行新闻发布会，这也是国内财经媒体最热衷参加的发布会之一。为了应对紧张的日程安排，他的午餐有时只是一盘饺子。

有人统计过，这位首富一年的个人消费不会超过5万元。

宗庆后在北京被
媒体记者包围。
CFP供图

　　"我们这些人没时间去享受，生怕一享受、贪图安逸了，企业就搞垮
了。"宗庆后说，"首富是一个桂冠，但我并不想沦为一个财富的符号。"

　　在成为财富偶像和商业传奇之后，宗庆后开始跨界"玩"起了机器
人，继续他的创新之路。

　　目前，娃哈哈推出的放置吸管机器人、装卸机器人、码垛机器人等
已经应用于公司饮料生产线上吸管投放、产品装箱、码垛等环节。

　　值得一提的是，除了满足自身生产方面的需求，娃哈哈还输出生产
机器人设计、研发能力。比如，娃哈哈为杭州临安一家企业设计了铅酸
电池装配机器人，为云南一家企业开发了炸药包装机器人。

　　到2016年底，宗庆后准备在全国的工厂投放80套自主研发的码
垛机器人，以1套机器人换2个人工算，娃哈哈每年可省下不少成本。

（姚珏）

鲁统磊 摄

经典语录

1. 跨国公司只不过是一个普通的竞争者,他们有他们的优势和局限,在竞争中他们既有可能是狼,也有可能变成纸老虎。

2. 我认为做企业要有这些素质,特别在中国市场上,那就是:诗人的想象力、科学家的敏锐、哲学家的头脑、战略家的本领。

宗庆后在"机器人"项目上继续他的创新之路。目前,娃哈哈已推出了装卸机器人、码垛机器人等。

CFP供图

CFP供图

徐文荣:打造东方"好莱坞"

徐文荣

横店集团创始人

重要时刻

2004年4月,中国第一个国家级影视产业实验区在

横店挂牌;

2010年,横店影视城成功晋级国家5A级旅游景区;

2015年5月10日,横店圆明新园(一期)开园。

2016年5月15日,横店集团创始人、84岁的徐文荣在山东济南举行的一次高规格会议上,捧起了中国旅游产业的最高奖——飞马奖的奖杯。这是浙江省2016年度唯一获此殊荣的民营企业家。

　　徐文荣从1996年开始涉足影视旅游产业。20多年来,横店集团在旅游产业上投资数百亿元,已经建成了32个大型影视拍摄基地和21座国内规模最大的摄影棚,是世界最大的影视拍摄实景基地。

2015年5月,横店圆明新园惊艳亮相。

CFP供图

无中生有

1975 年，在浙江横店，徐文荣创办了一家缫丝厂，开启了创业历程。10 年后，横店成为浙中地区第一个"亿元镇"。这时候，徐文荣想到了要改变横店的小镇面貌，让小镇变城市。

当时，中央电视台在江苏无锡的太湖之滨，建造了"唐城""三国城"等影视基地，吸引了大批旅游观光者。徐文荣打算效仿无锡影视城，在横店也建几个影视基地。1995 年，徐文荣趁去北京办事的机会，拜访了当时的中央电视台台长，希望他支持横店建设拍摄基地，资金可以由横店集团出。然而，徐文荣得到的却是当头一盆冷水：横店在哪里啊？地图上都找不到！没有机场，不通铁路，也没有高速公路，从杭州到你那里都要四五个小时，建拍摄基地，谁能到你那里拍戏啊？别异想天开啦！

执拗而硬气的徐文荣火了：好，你不来建，我们自己建！

声名鹊起

机遇很快来临。1995 年 12 月 14 日，中国著名导演谢晋为拍摄迎接香港回归的历史大片《鸦片战争》去了横店。当谢晋看到横店的文化村、大佛寺、娱乐村等景点后，对这些古建筑的工艺赞不绝口。当徐文荣了解到《鸦片战争》的外景基地还没有落实时，便自告奋勇，要求建拍摄基地。"人家用一年时间，我们用半年，人家用半年，我们用 3 个月，保证按您的要求建好，绝不耽误您一天的拍片时间！"

1996 年 7 月底，"广州街"拍摄基地建造完成。如此浩大的工程，除去恶劣天气的影响，横店人实际上只用了 3 个月的时间完工，创造了令人惊叹的"横店速度"。

《鸦片战争》打开了横店影视文化的大门，以此为契机，徐文荣开始建设横店影视城，进入文化旅游产业。此后多年间，横店陆续建起了香港街、秦王宫、清明上河图、明清宫苑等 30 多个贯穿五千年中华历史、融合高科技的拍摄基地。1998 年 1 月，著名导演陈凯歌在横店"秦王宫"举行电影《荆轲刺秦王》的开机仪式,中央电视台、《人民日报》和日本、法国、德国、芬兰等国的数十家媒体的200多名中外记者出席了新闻发布会。

名导演纷至沓来,名片名剧相继诞生。2000年,徐文荣宣布横店影视城对国内外剧组免收场租费,更是吸引了无数剧组,甚至出现了几个剧组争抢一个场景的现象。

东方好莱坞

2004年4月,中国第一个国家级影视产业实验区在横店挂牌。此后,横店影视产业高歌猛进,以"高起点、高标准、高品位"为要求,加快了影视产业的要素建设。2010年,横店影视城成功晋级国家5A级旅游景区。到2015年,横店已经聚集了700多家影视企业,累计接待中外剧组拍摄影视作品42000多部(集),古装剧产量占全国2/3,并产生了《英雄》《满城尽带黄金甲》《荆轲刺秦王》《潜伏》等在国内外有广泛影响的影视作品。而影视文化带动旅游,2015年横店接待游客总数达1800万人次。

2008年,横店看准了中国电影市场快速发展的前景,快速布局横店院线(横店影视股份有限公司),并在太原、长沙等城市开出了第一批五星级影城。截至2015年12月,横店院线旗下五星级标准影城有近200家,形成票房、卖品、广告三分天下的盈利模式,年度票房已稳居全国院线前十强。

如今的横店,已经发展成为"规模最宏大、要素最集聚、技术最先进、成本最低廉"的影视产业基地。美国《世界日报》、日本《朝日新闻》称横店影视城是"东方影视城",美国《好莱坞报道》称之为"中国的好莱坞"。横店的影视文化产业,成为中国文化产业快速发展的标杆,为中国影视文化产业的提速发展作出了重大贡献。

(王文正)

1996年,中国著名导演谢晋(左)在横店拍摄历史大片《鸦片战争》时与徐文荣合影。

经典语录

1. 作为企业领导者必须要有爱才之心、识才之眼、纳才之量、用才之法、护才之胆、举才之德、育才之方。

2. 因为我们的努力工作、我们的经营方法、我们的努力带头,使得老百姓富起来。老百姓富起来了,我们才算是成功了。

远眺横店圆明新园。

CFP供图

徐冠巨：中国智能公路物流领导者

徐冠巨

传化集团有限公司董事长

重要时刻

2004年6月，"传化股份"在深交所上市交易；

2015年，"传化股份"将传化物流注入上市公司，确立
了"化工+物流"的"双轮驱动"模式；

2016年6月，国务院发文肯定了传化物流首创的"线
上线下联动公路港网络模式"。

清晨6点，天色微明，大多数居民还没从睡梦中醒来，但杭州传化公路港已经热闹起来了。通过附近的苏绍、沪杭甬、杭绍甬、杭浦等高速公路，货车、货物与司机在这里汇集，公路港的大屏幕上，各类信息不停地滚动。来自江苏淮安的货车司机杭玉凯前一天在"陆鲸"APP上抢到一个从杭州发往成都的货运单子，此刻正在公路港里等待货主。记录显示，此行共2100公里，这是他第487次出发。

　　5天后，杭玉凯开着货车抵达成都。成都本地司机的手机立刻响了——一款名叫"易货嘀"的APP通知他们：有生意上门！司机们纷纷低头刷手机抢单。拿着4G手机的老李成功抢到了这一单，他给杭玉凯打了个电话，接下来将由老李把这批货转运到目的地。

　　整个过程有点像货运版的Uber。但徐冠巨的构想远比Uber宏大，他不仅要为纵横中国的450万公里公路加载智能软件，为3000万货车司机提供服务，还要在每个枢纽型城市建公路港，让物流跑上信息高速公路。

徐冠巨致力于打造智能"公路港"，加快发展中国公路物流。

为中国公路安装"软件"

一个典型的传化公路港是这样的:用物联网、云计算和大数据等先进技术,为公路物流企业提供信息、交易、仓储、分拨、配货、综合管理服务,为奔跑在全国的货车司机提供汽修汽配、餐饮服务和汽车旅馆,为有资金需求的企业提供互联网金融服务。同时,公路港还能为大型物流企业及制造业公司提供仓储定制化服务和供应链解决方案。

在这里,短途货车司机也可以在线抢单。最快3分钟实现订单响应,10分钟达成交易;贵重货物100%担保;金牌司机每月净收入可以达到1.5万元。截至目前,中国各地共有11个这样的传化公路港投入运营,有80多个已经完成布局。已建成使用的传化物流港日均进出港车次5.58万车次,日均货物吞吐量102.2万吨,日均物流费用6.45亿元。徐冠巨的大计划是,在未来5年投入1000亿元,在全国主要物流节点城市和重点物流区域建设10个物流枢纽和160个物流基地,形成全国化实体公路港平台网络。

与公路港同步推进的,是传化的智能物流信息系统。目前,传化还致力于互联网线上业务单元产品的相融和促进。通过长途货运APP"陆鲸"、同城货运APP"易货嘀"二个入口级应用,人、车、货三大应用场景形成实时在线的大量数据,为将来传化物流的金融业务和供应链业务奠定基础。

线下实体公路港与线上创新业务平台有机结合,形成徐冠巨构想中的"中国智能公路物流网络运营系统"。

发展之路"双轮驱动"

2015年,传化股份通过资产重组将传化物流注入上市公司,确立了"化工+物流"的"双轮驱动"模式。

发力物流业,是徐冠巨深思熟虑的结果。

"铁路运输有火车站,海运有港口,水运有码头,空运有航空港,唯独公路运输没有相应的配套体系进行统筹运营,而公路承载了全国货运总量的70%以上。"徐冠巨认为,这是中国公路物流业最大的短板,对传化来说,更是巨大的发展机会。

"在德国等欧美发达国家,生产性服务业占GDP比重约为45%左右,在中国只有15%。而物流作为生产性服务业的重要组成部分,已成为制约供给端效率提升的关键瓶颈。传化在做的,就是为中国450多万公里公路安装一整套软件系统,最终形成全供应链环节的系统化和数字化,补上物流短板,更好地服务生产端。"徐冠巨说。

根据已经投入运营的公路港的数据,徐冠巨算了一笔账:"我们的平台能把周边整个城市群的物流成本降低40%以上。整个系统建成后,可以为国民经济降低数万亿的物流成本。"

成功的企业是"时代的企业"

传化,这是徐冠巨父亲的名字。1986年,徐传化、徐冠巨父子开了一家生产液体肥皂的家庭作坊,传化的事业从此起步。30年后,传化集团已经成为涉足化工、物流、农业和投资的多元化企业集团,旗下拥有A股上市公司传化股份、新安化工和新三板上市公司环特生物。永不服输,永不停止创新、开拓的脚步,这是传化不断发展壮大的秘诀,也是"浙商精神"的核心。

徐冠巨经常挂在嘴边的一句话是:"成功的企业,是时代的企业。"

"时代的企业,就是要把代表时代发展的要素融入企业,转化成生产力和企业发展的动力。过去,是需求性经济成就了传化,但是现在经济进入了一个新的阶段,转型升级就尤为关键。传化在'十二五'期间就已经开始思考企业的转型升级问题,并从理念、文化、战略、组织等方面进行了全面的梳理。现在,传化已从过去单纯的满足产品需求转向提供更高质量的产品和深层次的服务。我们会充分运用互联网、金融、技术、创意设计等时代要素,牢牢把握物流产业的发展机遇,推动传化各产业多元化的全新发展。"

进取心和好奇心,战略眼光和超前意识,开放的胸怀、坚定的性格和踏实的态度,铸就了一个成功企业家。徐冠巨说:"传化每一次拓展的背后都是一次创新、一种商业模式的创造,从某种意义上来讲,传化是在创造市场、培育市场,然后共享市场。"

（张远帆）

宋亮 摄

经典语录

1. 创新的事情需要提前十年想，提前五年做。

2. 企业不仅仅是赚钱的工具，更是推动社会文明进步的载体。

俞苗玲 摄

南存辉：德国有条"正泰大道"

南存辉

正泰集团董事长

重要时刻

2006 年，正泰进军光伏发电领域，打造电气全产业链

优势；

2010 年，"正泰电器"在上海证券交易所挂牌上市；

2014 年，正泰太阳能收购德国知名企业 Conergy 公

司旗下法兰克福（奥登）组件厂。

德国东部奥登河畔的法兰克福市，有一条路以中国企业"正泰"命名。2014年，正泰收购了当地最大的光伏企业Conergy组件厂，当地政府将该厂附近的这条路更名为"正泰大道"。

这在德国历史上史无前例。

正泰集团是中国最大的民营光伏发电投资企业，其董事长南存辉率领团队在世界各地建设光伏电站、收购工厂、构建全球研发生产基地。早在2002年，南存辉就当选CCTV中国经济年度人物，他在颁奖仪式上说："我憧憬，在未来的世界制造业领域，有一个响亮的品牌来自中国，它的名字叫正泰。"

今天，当"正泰大道"在德国叫响之时，南存辉离自己的梦想又近了一步。在能源变革中的积极探索，使得正泰成为一家更有国际知名度与辨识度的企业。

2016年1月，正泰太阳能马来西亚组件工厂正式投入量产。

全球造起"太阳城"

过去的10年,对于光伏产业而言是最好的10年,也是最坏的10年。

2006年,已在工业电器领域享有盛名的南存辉进入光伏产业。21世纪初,德国、西班牙率先推出补贴发展太阳能光伏发电的项目,中国随后加入这场产业盛宴并于2008年成为世界最大的太阳能电池生产国。

2011年开始,欧盟各国逐渐取消了太阳能发电补贴政策。2012年,欧盟对中国光伏产品发起反倾销调查,而美国决定对中国光伏产品征收关税,这使得90%产品依赖出口的中国光伏业从黄金期迅速切换到"寒冬"模式。

在此形势下,南存辉率领正泰创新商业模式,探索以电站开发投资建设,平衡产能带动产业链整体发展。几年内,一座座正泰"太阳城"在美国、保加利亚、罗马尼亚、韩国、泰国、南非、印度、日本、意大利等国家和地区拔地而起。

这些正泰"太阳城"分布在不同的国家、不同的半球,气候的差异规避了光伏电站开工时间集中的问题,实现一年四季均衡排产。目前,正泰已在全球建成上百座并网运营光伏电站,并在国内外实施了数百个EPC工程总包"交钥匙"项目,建立了覆盖发电、输电、变电、配电、用电及管理运营各环节的产品与解决方案,形成了全产业链竞争优势。

打造与众不同的国际本土化模式

电站的开发运营带动了光伏产品的销售,盘活了正泰太阳能整个产业链。然而在中国生产的光伏产品在销往海外的正泰"太阳城"的过程中,仍绕不过国家间设置的贸易壁垒。

在机缘巧合之下,南存辉找到了可以拆除这种国际间"贸易篱笆"的捷径。Conergy曾是欧洲最大的太阳能企业,其位于德国东部法兰克福奥登市的组件厂,距离波兰边境3公里,距离柏林100公里,区位优势明显。2013年,这家企业因外部环境及企业经营等多方面原因面临破产。

尽管破产在即，但Conergy拥有的先进技术与设备、合理的资产价格、稳定的客户群等资源，对面临"双反"的正泰而言，都像来自理想国的福音。作为正泰曾经的重要客户，Conergy向南存辉伸出了邀约之手。2014年初，正泰成功收购Conergy旗下法兰克福奥登市的组件厂。这场中国制造与德国制造的联姻，不仅使正泰有效规避了"双反"，还为当地创造了200多个就业岗位。作为对正泰的嘉奖，正泰太阳能德国工厂附近的一条道路被当地政府命名为"正泰大道"，附近的火车站被命名为"正泰火车站"。

从小鞋匠到跨国公司一把手

正泰掌门南存辉不仅被《福布斯》列入中国财富榜前50名，作为中国民企精英，他也屡屡成为各国政要的座上宾。他是国家主席习近平访美的经济随员，他的名字也出现在法国总统奥朗德早餐会、印度总理莫迪与中国知名企业家见面会的名单上。

然而，这位亿万富翁创业之前只是一个子承父业的修鞋匠。初中没毕业，南存辉就当上了小鞋匠。南存辉说："3年修鞋虽没赚到什么钱，但它使我懂得了诚实做人的道理，有质量便有市场。同时它也让我明白了，一个人要想有所作为，必须重视从一件件的平凡小事做起，而且任何小事要做好都是不易的。"16岁那年，他发现搞电器可能会比修鞋要好一点儿，于是决定放下修鞋担，加入电器生产行列。

20世纪90年代，中国的低压电器行业竞争白热化，跨国公司通过合资或独资的方式，不断涌入中国市场。在不断扩大、巩固国内市场的同时，南存辉也开始了在海外的布局，从"产品"走出去到"服务"走出去，再到"资本"走出去。时至今日，正泰已服务全球120多个国家和地区，并建立了多个海外工厂，雇用当地员工，实现本土化发展。正泰逐渐从一家地方性企业发展成为国际化公司，南存辉也由当初的一个小鞋匠成长为跨国公司的一把手，近年来，他敏锐地抓住了新能源革命的契机，让正泰成为在全球都有话语权的中国企业。

（吴美花）

鲁统磊 摄

经典语录

1.中国企业要长大,就必须打造国际品牌。

2.人的一生,最大的竞争对手就是自己。不管是做人还是做企业,最难的是自我否定和自我超越!

正泰太阳能发电幕墙。

站在世界舞台上的浙商 | 冯亚丽

冯亚丽：千亿企业女掌门

冯亚丽

海亮集团董事长

重要时刻

2005 年，海亮集团成功跨入"中国企业 500 强"

梯队；

2013 年，海亮集团营业收入首次突破 1000 亿元。

以海亮掌门人身份对外20多年之后，冯亚丽正逐渐退隐幕后。

这位营收过千亿人民币企业的女掌门已经到了知天命的年纪，她身形娇小，常年以蓬松而卷的短发和尖领衬衫示人，和她位于海亮总部的办公室一样，老派且正统。

在过去的26年间，冯氏姐弟目标一致，亲密无间，一手锻造出了海亮这家市值超过1400亿元的商业帝国，并将其产业触角从单一的铜加工制造业逐步延伸至教育、环保、地产、金融乃至农业。

在以惊人速度突飞猛进的同时，冯亚丽和冯海良姐弟也竭力克制过度膨胀的欲望，告诫自己"有所为、有所不为"。

舍弃比夺取更为重要。这是他们在商业中学到的重要一课。

海亮外国语学校
国际部上课时的
情景。

海亮"四姨娘"

与执掌千亿企业的其他女企业家的凌厉作风不同,冯亚丽在海亮内部更为广泛的称呼是"四姨娘"——一个家庭色彩浓郁的年长女性的称呼。这是因为冯亚丽在家排行老四,在企业里对员工很亲切,大家感觉她像自己的阿姨,平易近人的温和姿态是众人喜爱且亲近她的原因。

冯亚丽似乎更重视自己的家庭身份,不过她显然在宏大熙攘的商业世界里面更加游刃有余——她心思缜密,知道如何避讳,总是能够轻易洞察一段对话背后的意图,以及政府会议上吹来的政策新风向,在感性的同时却不会被情感所牵绊。

冯亚丽和她的弟弟冯海良有着精神上的相似性,外圆内方,他们遵循规则,但不会丧失锋芒——这可能才是海亮以及冯氏姐弟成功的真正秘密。

细节至上

与想象中的喧哗不同,静寂反而是冯亚丽的日常写照。

海亮集团所在的店口镇,只是中国最普通的一个乡镇,狭窄弯曲的公路,烈日下滚滚的烟尘,千里迢迢潮汐涌来的异乡客……但也正是因为海亮集团的存在,使得店口又有别于多数乡镇,成为财富聚集的传奇中心。14000余名员工从业于这家公司,每天创造出3.93亿元的惊人产值。

26年来,冯亚丽一直在深耕内部管理。冯亚丽惯于事无巨细——在一次企业周年庆典上,冯亚丽甚至坚持亲自纠正每一个席签和筷架的位置,使之保持在同一个水平线上。这样的描述显得她似乎失之趣味,甚至会被视为"大可不必",但作为一个完美主义者,冯亚丽重视细节甚于一切,此种原则延伸至企业风控管理,给海亮带来了意料之外的好处。

冯亚丽全身心地关注生死攸关的资金链问题。为提高风险控制能力,海亮建立了涵盖采购、生产、质量、技术、成本、财务等环节的完整管控体系,并通过信息化建设提升管理,借由内控审计、经济监察、诚信检查、法务等部门督促制度的有效实施,从而对风险进行系统防控,同时还建立了严格的预警和反腐制度,力求在内部正本清源。

2008年是海亮真正与其他企业拉开巨大差距的一年,严格的内控起到了极为关键的作用——他们以罕见的清醒控制贪欲,没有犯下错误,随后,他们再度果断斩去担保链,在另一波危机里明哲而退。

在连续的躬身上坡与自我鏖战中,海亮忽然意识到身后的追逐者越来越少,他们已经站在了一个旁人难以企及的高峰之上:海亮股份是海亮集团的起家产业,其中海亮铜合金管等多个品类产能已居全球第一;海亮教育产业于2015年在纳斯达克敲响上市钟,成为首个中国K12类海外上市民企;金融领域介入未多时,但体量很快领跑浙江——海亮旗下海博小贷是浙江省唯一一家新三板上市的小贷公司。

从事农业全产业链被视为冒险之举,但冯亚丽与海亮以现实行动打破了外界疑虑——海亮农业通过海外置地等多种方式快速启程其国际化之旅。在谨慎拓展的同时,海亮也不惜大幅调整优化策略,让步履更为稳健。

慈善主义

经商或是一种天赋,慈善却是一种选择。

在退居幕后之后,冯亚丽的着力点是慈善。2014年底,海亮正式全面启动雏鹰高飞计划,按照计划,海亮将在未来数年中持续接纳孤儿,照料其饮食起居,直至大学。

在此之前,海亮已经设立了自己的慈善基金,其慈善内容颇为广泛,覆盖养老、扶贫、赈灾等多个层面,不过冯亚丽仍然觉得有不足。

冯亚丽和冯海良姐弟对抚孤均有着特殊情结,他们有过十分贫瘠、动荡且孤独的童年,成年之后,命运眷顾了他们,使之获得了难以想象的巨量财富,他们迫切希望海亮能够做一番"善业",让运气也能眷顾他人。

目前,雏鹰高飞计划正在有条不紊地进行中,对于中国商人而言,散出财富似乎比获得财富更需要毅力与智慧,但显然冯亚丽并不会因此动摇自己的决心。"善业"一贯是海亮的方向和目标。

(张玲玲)

经典语录

1. 员工找到家的感觉、踏实的感觉，才能护佑企业团队保持核心竞争力。

2. 为顾客提供超越的价值，为股东创造丰厚的利润，为员工铺设成长的平台，为伙伴营造共赢的局面，为社会作出最大的贡献。

宋亮 摄

王水福：跻身一流制造业

王水福

西子联合控股集团董事长

重要时刻

1997年3月，西子联合与美国奥的斯合资成立杭州
西子奥的斯电梯有限公司；
2009年5月，西子联合成为国家重大专项C919大型
客机项目的9家机体结构供应商中唯一的民营企业；
2015年1月，西子航空获得欧洲空客一级供应商资质；
2016年4月，西子航空实现欧洲空客A320飞机前
起落架舱部件首件交付。

经过长达7年的设计研发，2015年11月2日上午，承载着中华民族飞行之梦的C919大飞机在"中国商飞"位于上海浦东的总装制造中心正式总装下线。在下线仪式现场，机体结构供应商中唯一的民营企业——西子联合控股集团的董事长王水福见证了这一激动人心的时刻。

作为浙江制造的标杆企业之一，西子联合在耕耘30载后，向被誉为"工业之花"的航空制造业发起了挑战。如今，随着王水福的"航空梦"终成现实，西子联合成为当之无愧的中国500强企业。

西子联合高度自动化的厂内现场。

圆梦中国大飞机

有一次，着装低调的王水福拎着印有"西子航空"字样的文件包乘坐飞机，空中小姐问，西子航空是哪一家航空公司。王水福告诉她，西子航空是为空客、波音等飞机制造商提供产品的飞机零部件制造企业，空中小姐立刻投来崇敬的目光。王水福颇为感慨，中国制造需要摆脱低端生产的偏见。

从传统制造业起步，经过30多年的沉淀和积累，西子逐渐迈入高端装备制造业的新领域，通过参与航空产业，实现了从原来传统制造业向位于高端核心的航空制造业拓展的路径。

早在2004年，王水福考察日韩重工企业后，萌发了航空产业梦。"航空代表了制造业的真正能力，用航空标准来生产电梯零部件，我们整体的水平都会上一个台阶。"2009年，抓住国家重大专项C919大飞机项目机遇，西子联合从400多家单位中脱颖而出，成为C919大飞机项目的9家一级机体结构供应商中唯一的中国民营企业。

"虽然经历了五六年的辛苦与痛苦，但我们最终得到了国际上的认可。"王水福说，"即便现在来看，想要在C919项目上拿回投入的人力、设备成本，起码要10年以上时间，但通过这次实战，我们已成为中国商飞、中航工业、欧洲空客、美国波音、加拿大庞巴迪宇航等国内外知名航空制造企业的供应商。"

7年间，西子航空先后为中国商飞C919大飞机制造应急发电机舱门（RAT门）和辅助动力装置门（APU门），为庞巴迪宇航公司制造Q400飞机部件，为中航工业蛟龙600——全球最大水陆两栖飞机制造投水舱门和后顶部舱门，在中法两国总理的见证下与空客签署了紧固件研发战略合作协议，与波音签署了内饰件项目的合作协议，为空客公司制造的A320机型前起落架舱工作包首件已于2016年4月交付。

在西子联合，每次有员工在技能比赛中获奖或是技术团队在技术方面有所突破，那一天，全体员工每人午餐都会分得一块"红烧肉"。在王水福眼中，这份"红烧肉"培育的是对"工匠精神"的文化认同。

与世界500强合资

在参与大飞机制造之前,王水福和他的西子联合在电梯界早已声名显赫。西子联合能够成为中国制造业领先的集团之一,就不得不提到西子的电梯产业。

回顾20世纪80年代,西子一举从生产农机跨越到电梯行业令人惊异,王水福坦言:"现在想来都有些后怕,要不是因为年轻气盛,真不会有那么大勇气进入电梯行业。那时这个行业连行业标准都没有,基本是外资企业的天下。"

正是这份勇气和坚持,让西子迅速成长起来。1994年10月,西子升级为浙江西子电梯集团公司。此时,怀揣更大梦想的王水福看到国内电梯市场基本由几大合资公司瓜分,西子这样草根起家的本土公司在电梯研发、技术、品牌等方面的竞争力仍有较大差距,由此萌生了"合资借力"的想法。

1997年3月,西子作出了与世界电梯巨头美国奥的斯(OTIS)电梯公司合资的决策,中国"入世"的第一年,王水福又主动让美方控股,加快了西子奥的斯的国际化步伐。

知道美方控股时,很多老员工流泪了,连饭都吃不下,但王水福并未因此而动摇。果然,美方控股后,世界最先进的无机房、无齿轮的第二代电梯技术很快转让给了西子奥的斯,推行奥的斯的精益生产方式后,企业年产量两年就翻了一番。如今,西子奥的斯已经成为中国绿色电梯第一品牌以及中国最大的电扶梯制造商和服务商之一。

西子一直努力与行业中最优秀的世界500强企业合资合作:西子的电梯与美国奥的斯合资,立体车库与日本石川岛合资,地铁盾构机与日本川崎合作,锅炉跟美国GE、德国西门子、法国阿尔斯通等合作,航空跟中航工业、欧洲空客、美国波音等合作。"我打算用20年的时间,把西子航空打造成继电梯、锅炉产业之后的又一个百亿产业。"王水福说,"与优秀企业合作,我们才会更优秀。我们在与空客、波音合作的过程中学到了很多,通过认证培训、咨询,管理上了一个新台阶。"

(张名豪)

王水福在驾驶舱。

经典语录

1. 中国强要靠制造强；制造要强，要靠基础强。

2. 未来企业，资产一定证券化，产品一定高端化，服务一定精细化。

西子联合工厂厂房。

陈爱莲：大步迈向国际化

陈爱莲

万丰奥特控股集团董事局主席

重要时刻

2006年，浙江万丰奥威汽轮股份有限公司在深交所
上市交易，是中国行业内首家上市公司；
2013年，万丰奥特收购加拿大镁瑞丁；
2016年，万丰科技并购全球焊接机器人标杆企业——
美国Paslin公司。

2016年4月底,万丰奥特董事局主席陈爱莲带领团队考察德国、意大利、捷克等欧洲6国,与先进制造业和航空产业的相关国际知名企业进行了合作洽谈。

陈爱莲试图让万丰奥特的国际化之路能更加快速地推进——国际化并购已经成为万丰奥特的独特竞争力。陈爱莲心中有一个明晰的目标:让万丰奥特从汽车零部件行业的冠军,走向高端制造领域的多项全球冠军。

万丰奥特企业内的工业机器人。

"5个国际化"才是真的国际化

从1994年10月创立至今,万丰奥特从汽车零部件起步,到公司上市、跨国并购,实现了铝轮毂产业和镁合金新材料产业两个领域的全球领跑,在新工艺涂覆产业、新能源混合动力产业和智能工业机器人三个领域实现了国内领先。通过与国际高端品牌的战略合作,万丰在美国、加拿大、英国、印度、墨西哥、捷克等国家设有8个生产基地和5家全球研发中心,实现了资本、管理、人才、科技、品牌等5个国际化。

"未来20年,万丰奥特要成为从汽车零部件行业冠军走向高端制造领域的多项全球冠军。"陈爱莲说。2013年底,万丰奥特收购镁瑞丁,就是陈爱莲为这一战略目标布下的一颗重要棋子。

加拿大的镁瑞丁(MERIDIAN)创立于1981年,是世界镁合金行业的全球领导者,拥有全球顶级的镁合金技术研发中心,掌握着镁合金铸造、模具设计、表面防护处理、镁合金焊接等十多项世界领先技术。它的产品和技术代表了中国汽车轻量化发展的产业趋势,而且其所需的原材料——镁,60%来自中国。

"汽车产业发展的未来趋势,一是车联网,一是以轻量化为目标的材料革命。"陈爱莲说,"中国是一个汽车大国,但远未达到汽车强国。从大国到强国,汽车零部件产业至关重要。"

这次跨国收购,不仅完成了未来产品的转型升级,也让万丰奥特一举站上了全球镁合金领域技术和市场的制高点。

多领域洋为我用,迈向高端化产业

在陈爱莲的产业蓝图中,全球涉及汽车制造、智能装备、飞机制造等高端制造领域的优质资产是万丰奥特并购整合的主要对象。当然,这些并购对象必须是行业细分市场的全球领跑者,拥有行业的核心技术,真正掌握市场的话语权。

在汽车制造领域,2013年11月,万丰奥特收购上海达克罗涂覆工业有限公司100%股权。"达克罗涂覆是一种先进的防腐蚀涂装技术,随着环保政策的升级，无铬达克罗技术替代电镀是必然趋势。"陈爱莲说。

在智能装备领域，2016年3月23日，在百年企业美国通用汽车公司（GM）总部大楼，万丰科技并购全球焊接机器人标杆企业——美国Paslin公司的交割仪式正式举行，交易总金额达20多亿元人民币。如今，总占地近500亩、总投资15亿元的万丰锦源高端智能装备园已开工建设，2017年底前建成投产，这里将成为中国Paslin机器人公司的总部。

在通用航空领域，万丰奥特已完成捷克一家轻型飞机制造企业和加拿大航校的收购。"我们的目标是未来5年，将万丰航空打造成一家集飞机制造、机场建设与管理、通航运营、通用航空空中服务站等为一体的通航产业龙头企业，覆盖长三角空中交通，并在新昌建设万丰航空小镇。"陈爱莲说。2016年5月10日，万丰航空特色小镇奠基，机场一期工程——一条800米的跑道已经开工建设。万丰与加拿大、意大利等知名企业的收购洽谈已经进入了实质性阶段，2016年下半年将完成收购。届时，万丰航空特色小镇将成为以飞机制造为核心，融合通航运营、观光旅游、航空运动、飞行体验和驾照培训的美丽生态小镇。

国际并购是企业国际化的竞争力之一，快乐工作、幸福生活是万丰人的梦想。15年前，陈爱莲就提出"绿色万丰"的经营理念，内涵是建设鲜花盛开、绿树成荫的美丽工厂，实现节能环保。这是万丰智慧工厂的最初想法。

在智慧工厂的建设中，陈爱莲提出接轨国际化的要求：在工厂屋顶装置太阳能设备，实现节能目标；在工厂中间，全部机器换人，提高劳动生产效率；在工厂地面供应天然气，实现绿色环保；在仓储上，实现互联网物流；在工厂四周半空建设玻璃墙参观通道；在排水口放水养鱼，成为浙江省智能化工厂的样板。"届时，我们的智慧工厂，不仅能够继续引领行业发展，而且将打造浙江省机器换人的样板工程，成为'两美'浙江战略在万丰的一个缩影！"陈爱莲说。

不远的将来，万丰将创造一个国际先进高端装备制造业的经典样板，真正树立全球行业细分市场的一面旗帜，推动中国制造向中国创造转变。

（胡俊翔）

经典语录

1.（知识+经验）×精神=竞争力。一个企业要持续稳定健康发展，必须有自己的企业精神，没有精神就等于没有灵魂。

2. 当你干事业时，不要把自己当作女人，我从来不按着"男人应该做这个，女人应该做那个"的方式来思考问题。

站在世界舞台上的浙商｜汪力成

汪力成:助推青蒿素走向世界

汪力成

华立集团董事局主席

重要时刻

1999 年,收购重庆川仪股份有限公司,经资产置换、
技术改造,将其扭亏为盈;
2005 年,在泰国建立"泰中罗勇工业园";
2016 年,提出"创新驱动、生态发展、华立再出发"的
号召,开启华立大健康产业生态圈战略。

2015年12月11日,当来自中国的屠呦呦在诺贝尔颁奖典礼上从瑞典国王卡尔十六世·古斯塔夫手中接过诺贝尔生理学或医学奖奖章时,远在地球另一边的华立集团董事局主席汪力成感慨万分:中国人终于获得这份迟来的认可。

作为屠呦呦的浙江老乡,汪力成可谓是不折不扣助推青蒿素产业化和国际化的"幕后英雄"。早在十几年前,华立就以"产业兴国"之心,率先承担起了青蒿素产业化、市场化、国际化的使命和重任,励精图治16载,以责任之心、民族之情,践行青蒿素产业之路。2014年,华立集团收购北京华方科泰,此举使其拥有了青蒿素业务完整的产业链,成为全球最大的抗疟药原料药生产基地,也是全球品种最全的抗疟药品供应商。

这位"幕后英雄",不但是最早走出国门的浙商代表,也是引领中国企业"抱团出海"的成功典范。

2015 年 11 月,汪力成带领华立跑团参加杭州国际马拉松。

青蒿素产业化的"助推者和践行者"

汪力成出生在浙江杭州。过去30年,在他的带领下,仅以14万元起步的余杭仪表厂已今非昔比:年销售收入160亿元,一级子公司24家,控股和参股4家A股上市公司,投资涉足医疗健康服务、能源物联网、社区商业服务、新材料、新能源、创新创业服务等,并正在以"商业生态化思维和平台化理念"打造新一轮大健康产业生态圈。

华立涉足青蒿素项目可以说是偶然中的必然。"我们集团之前主要做仪表和电力自动化,从来没想过做医药行业。"汪力成说,转折点是他在重庆听到的有关青蒿素的感人故事。重庆酉阳是青蒿的主要产地之一,2000年,汪力成在酉阳考察时了解到,当时国内的青蒿素生产普遍存在小、散、乱和各自为营的现象,急需一家愿意做出表率、打通全产业链的企业。在一次会面中,当地政府请来了从事青蒿素研究多年的专家们,就青蒿素产业化之事足足论证了一整天。汪力成从老一代兢兢业业的科学家们口中得知:早日实现青蒿素产业化是一代科学家们共同的心愿,可是这条路困难重重。汪力成很受震动:"这是唯一被世界公认的中国人发明的技术,作为中国企业,有足够的理由和责任,助推其实现产业化的梦想。"随后他毅然决定要将代表中国国药的青蒿素推向世界,接过青蒿素产业化的艰难重任,并以青蒿素产业作为华立集团寻求主业转型的医药产业入口。

2000年开始,汪力成跑遍全球,上至世界卫生组织,下至原料种植基地,精心搭建青蒿素从种植、提纯、制剂到国际销售的全产业链。对汪力成来说,生产青蒿素药品具有崇高意义,一方面解决了国内以种植青蒿为生的贫困农民的生计,另一方面又挽救了世界上贫苦地区需要这种药品救命的人。"从企业经营的角度看,虽然青蒿产业利润贡献不高,但是作为一家中国企业,这是履行企业社会责任和彰显民族使命感的最好体现。作为企业家需要有这种情怀和使命。"汪力成说。

海外工业唐人街的"创建者和探索者"

2015年10月,在墨西哥新莱昂州蒙特雷市,身着立领中山装的汪力成,用一根彩色的长竿敲开了"皮纳塔"五角星,正式拉开了华立集团在海外建设第二个大规模中国境外工业园区——北美华富山工业园的崭新帷幕。

早在2005年,华立就在泰国东部罗勇府建立了第一个境外工业园,目前已经有77家以新能源新材料、机械电子、汽车摩托车配件生产为主业的中资企业入驻,被称作泰国的"工业唐人街",也是中国"一带一路"建设路上的金名片。

2000年初,华立以"技术领先、资本经营、国际配置"三大战略,布局海外市场。除了海外工业园,华立自身还在泰国、印度、阿根廷、约旦、坦桑尼亚、乌兹别克斯坦等国投资建立了各类产业的生产基地;在美国、法国、俄罗斯、菲律宾以及非洲的十多个国家设立了业务机构,代理和销售的产品遍及五大洲120多个国家和地区。

汪力成说,中国企业海外起步的艰难情况不仅华立会遇到,其他中国企业也会遇到,而建立境外工业园的初衷是希望中国企业通过华立海外平台,抱团出海更便捷,希望更多中国企业能够实现从产品走出去到产业走出去的国际化梦想。

如今,随着互联网的发展,勇于创新、不断突破的汪力成在坚守制造业的同时,以敏锐的判断,前瞻的视野,应时代而变,开启"告别过去,46岁再出发"的创新生态发展之路。

从传统的做产品、卖产品向"极致产品+延伸服务"转型;从做"大企业"向做"好平台"布局……旗下各产业创新协同打造以用户(患者)、家庭、社区为中心的集医疗、健康、生活、社交、娱乐服务一体的华立大健康产业生态圈。

这,也许就是这位"幕后英雄"成功源于担当、激情成就梦想的精神所在。无论世界如何千变万化,汪力成"守护绿色家园、分享健康生活"的初心始终坚定不移。

(余广珠)

经典语录

1.困难对弱者是不可翻越的大山,但强者却把它当成通往更高处的阶梯。

2.创新的目的是改变现状但不是完全否定现状,要在继承的基础上进行不断的提升。

陈建成：成为"东方西门子"

陈建成

卧龙控股集团董事长

重要时刻

2002年，"卧龙科技"在上海证券交易所上市交易；

2011年，收购奥地利ATB集团；

2014年，收购意大利SIR机器人应用公司；

一直以来,卧龙控股集团董事长陈建成都有一个"东方西门子"的梦想。这个梦想正在慢慢成真。

"我们的产品和产业轨迹跟西门子的成长过程几乎一样,西门子当年也是做电机起家,我们有信心通过几代人的努力成为'东方西门子'。这是一个愿景,也是我和全体卧龙人的追求和理想。"陈建成说。

经过32年的努力,卧龙集团现已拥有卧龙电气、卧龙地产、卧龙—LJ公司共3家上市公司、54家控股子公司、员工18000余人、总资产240亿元、年销售300亿元,形成了以制造业为主业、房地产业和金融投资业为两翼的产业发展布局。

卧龙集团厂房。

一枚总统勋章记录一段跨国并购美谈

2014年10月1日,奥地利总统海因茨·菲舍尔签署命令,决定授予陈建成"奥地利共和国银质荣誉勋章",感谢他为奥地利共和国作出的杰出贡献。这一年,卧龙集团正好成立30周年。

这枚八角十字星勋章记录了陈建成并购欧洲三大电机制造商之一奥地利ATB电机集团后所付出的心血与努力。此举不仅让卧龙控股集团成为世界知名的全球电机制造商,还打开了陈建成的思考空间。

在这桩国际并购之前,陈建成已谙熟并购之道,在国内通过并购整合上下游产业链,得以迅速形成电机与控制系统、输变电和电源电池三大制造业产业主体;卧龙的产品也从最初的参与简单工业机械配套,很快发展到参与国家重大基础设施项目建设;并且,卧龙迅速与近百家世界500强企业和国内知名企业建立业务联系,成为他们的主要供应商。

"很长一段时期以来,我们都在思考几个问题:我们到底擅长做什么? 要做到什么程度? 几年的反反复复,我们终于明白一件事,我们卧龙最擅长的还是做制造业,特别是做电机制造业,这也是我们在发展战略上聚焦电机制造业的根本原因。"

陈建成进一步解释说,卧龙要把这种擅长发挥到何种程度呢? 2011年成功收购了奥地利ATB集团后,他对这个问题有了更具雄心的回答:我们能不能成为全球电机行业的NO.1?

在四个国家建立研发机构

与很多草根浙企不同的是,卧龙从一开始就拥有7名合伙人,筹建之初,陈建成就聘请了浙江大学电机系的教授任技术顾问。这种研究基因根植在技术员陈建成的骨子里,也造就了卧龙集团深厚的研发能力。

"我们在中国杭州、日本大阪、德国杜塞尔多夫、荷兰埃因霍温四地建有4个电机及驱动控制技术研究机构,这4个研发平台与整个集团的资源实现无缝对接,将成为卧龙控股集团实现新战略目标最有力的保障。"陈建成说。

目前,仅卧龙电气就拥有博士后科研工作站和国家重点实验室,建有

陈建成陪同奥地利施泰尔马克州州长视察ATB斯皮尔伯格工厂。

国家级企业技术中心、省级电气研究院、省级院士专家工作站、浙江省外国专家工作站;承担国家高技术研究发展计划1项,实施了国家火炬计划项目15项,开发国家重点新产品15项。"靠科技创新,精心选择自己的核心产业,打造自己的特色品牌,是企业从制造到智造再到创造转型的第一要素。"

卧龙梦想:"全球电机的NO. 1"

"我大致测算一下,在今后1~2年内我们把电机驱动控制系统产品跟上去,按电机产品与电机集成系统驱动1:1比例,现有规模就有200多亿。在全球电机行业中,能够把核心业务电机产业做到200亿元以上,除了美国的雷勃电气,没有第二家,卧龙理所当然坐二望一。"而陈建成的梦想远不止如此,他已经开始设想,如果有朝一日卧龙可以收购雷勃电气,"就可以形成500亿元的市场规模。"

到那时,卧龙电机制造版图将覆盖全球,一块在中国,以成本见长;一块在欧洲,以技术见长;还有一块在美国,以市场营销见长。每个板块各有20家工厂左右,通过优势互补、资源共享、互相协同,一起成就卧龙"全球电机的NO.1"的丰功伟业。

知道自己要去哪里的人,连上帝都给他让路。

(胡俊翔)

经典语录

1.敢于想 、勇于为、谨于做。

2.企业并购重组并不是一时兴起、盲目追风,而是有选择地进行强强联合。并购海外企业我们看重的是核心技术;并购重组后企业的客户结构、市场结构都会有大的变化,竞争优势也将大大提高。

庄启传：让宝洁尊敬的中国商人

庄启传

纳爱斯集团董事长

重要时刻

1992 年，雕牌超能皂问世；

2014 年，纳爱斯在世界洗涤用品行业排名第 5。

"纳爱斯花了47年成长到今天的规模，但新的一年，我们要翻番再造一个纳爱斯。"纳爱斯集团董事长庄启传在2016年1月31日股东大会上说的这句话，足以让纳爱斯的同行们寝食难安。

　　2015年纳爱斯的营收规模是190多亿，2016年再造一个纳爱斯意味着要一年跨越47年。在全球经济增长放缓的大背景下，一家仅生产洗涤用品的极其传统的制造企业已达这样规模，还要在一年内再翻番，这不仅仅是企业实力的厚积薄发，还是纳爱斯的魄力和气场所在，更是企业领航人庄启传永不满足、追求卓越的必然取向。

庄启传与一线员工在一起。

条件最差，但能做得最好

如今纳爱斯及其旗下的雕、超能等11大品牌已经成了中国人日常生活中不可缺少的产品，但董事长庄启传却依然低调。

"理想很大，调子很低"，这是外界对他的评价。也难怪"胡润百富榜"这么多年来依然搞不清庄启传的财富到底有多少，而只能将他列为"隐形富豪"。

1971年，知青上调的庄启传进入了纳爱斯集团前身——丽水"五·七"化工厂当工人。当时的"五·七"化工厂是一家位列全国118家皂类企业倒数第二的小厂，是关停并转的对象。但在1984年底，这家小厂却迎来了变革的起点：经职工民主选举，庄启传当选了厂长。从那一刻起，庄启传的理想启航了。

由于纳爱斯地处丽水山区，交通不便，工业基础落后，让这样一家企业和国际巨头竞争显然有些强人所难，但庄启传并不这么认为。回顾过往，他认为让自己最骄傲的事情便是：条件最差，但能做得最好，丑小鸭变白天鹅。

颠覆宝洁常规思维的两个"例外"

宝洁不是因肥皂认识庄启传，庄启传则同宝洁一样，是从做肥皂起步的。当时纳爱斯生产了一块"蓝"肥皂——雕牌超能皂，替代了中国老百姓历朝历代所用的"黄"肥皂，荣登全国第一，不但扔掉了行业倒数第二的帽子，还成为中国的"肥皂大王"并一直做到现在。

庄启传与宝洁结缘源自洗衣粉。纳爱斯在1999年进入洗衣粉领域，2000年雕牌洗衣粉产销量就达30万吨，2001年达到100万吨，超过行业排在纳爱斯之后的前10家企业的总和，是在华国际公司总量的5倍以上，包括美国宝洁、德国汉高等在中国的世界500强企业都为纳爱斯贴牌加工雕牌洗衣粉。

纳爱斯的强势发展颠覆了宝洁的常规思维，产生了两个"例外"：一是世界500强的宝洁在业内一直居高临下，只有它叫人家贴牌生产，而从没有为人家贴牌生产,在中国,宝洁为纳爱斯雕牌洗衣粉贴牌加工成为"例外";二是宝洁凭借雄厚的实力收购异己品牌向来长袖善舞,但想与纳爱斯合作,不仅开出了合作条件由纳爱斯定的"空白合同",还遭到了庄启传的婉言谢绝,这又是宝洁没想到的"例外"。

宝洁全球总裁到中国做调研,看到了纳爱斯雕牌洗衣粉的"懂事篇"电视广告,深有感触地讲了两点:一是他明白了为什么水都没有流到的地方,雕牌洗衣粉都卖进去了;二是纳爱斯是个很有文化底蕴的公司,今后宝洁在中国的真正对手就是它。因此,不难想象宝洁会发动一场针对纳爱斯的"射雕大行动"。

但是,在这场腥风血雨中庄启传没有气馁,反而带领纳爱斯愈挫愈勇。他还说,如果这种成长中的劫难是不可避免的,那么迟来不如早来;你有本事把我打死则罢,你打我不死的时候我就会更强大。而结果是,纳爱斯没有死,反而借机从低端市场转型开拓到了中高端市场,这更让宝洁对其一直以来的敬意难以挥去。

在本土市场成长为世界级企业

2014年,纳爱斯在世界洗涤用品行业排位第5,2016年翻番后则可进入前三甲。2015年,纳爱斯全资收购了台湾的妙管家,并预备以中国台湾地区为T台,更好地拓展海内外市场。目前,纳爱斯已经在世界100多个国家和地区申请了多项专利,注册了品牌商标,产品的出口成倍增长,这些都将有力促进纳爱斯在中国的商业土壤上成长为世界级企业。

"同行三分冤",面对宝洁的敬重和竞争,庄启传依然淡定,他说,超常规发展的背后是企业不断做更优自己的心态。"有一天,国际公司不能做的,我们也能做,那我们就牛了。所以纳爱斯人眼里没有竞争对手,只有促进自己进步的朋友,所有做企业的人都是在让这个世界更美好、做更优的自己!"

(余广珠)

经典语录

1. 纳爱斯的文化是水文化，水居于低处而不卑，善利万物而不争。

2. 一些不可避免的冲击，迟来不如早来，企业在成长过程中早一天受到磨炼，会早一天强大起来。

鲁统磊 摄

姚新义：向高端制造进军

姚新义

盾安控股集团董事局主席

重要时刻

2004年，"盾安环境"在深圳证券交易所挂牌上市；

2011年，盾安民爆产业和上市公司江南化工重组成功；

2015年，盾安智控旗下的"华益精机"在新三板挂牌

上市。

2016年2月，美国田纳西大学，一家全新的校企共建研究院——田纳西大学–盾安联合机器人研究院宣告筹建。研究院将作为研究和发展工业机器人制造及智能传感器技术的研发基地，助推机器人与智能制造科研成果的市场化、产业化。

这次，与田纳西大学签署框架协议的不是司空见惯的美国企业，而是一家来自中国浙江的企业——盾安集团旗下的上市公司盾安环境。这是盾安集团已经开启的国际化战略项目之一。盾安集团创始人、董事局主席姚新义对此评论说："推动市场、研发、制造、管理、人才的国际化是盾安的既定发展战略。"

2004年，"盾安环境"在深圳证券交易所挂牌上市。图为上市现场的姚新义。

走向全球桥头堡

盾安主营业务包括装备制造、民爆化工、新能源、新材料等多个板块，在2016浙商全国500强榜单上排名第22位。近年来，盾安沿着"高端智能制造"的脉络推进制造业的升级，开始布局机器人领域。2015年，盾安集团旗下的上市公司盾安环境、江南化工分别投资参股机器人公司遨博(北京)智能科技有限公司、北京光年无限科技有限公司。其中遨博智能的主要产品为人机协作轻型工业机器人。

2015年11月，盾安环境与遨博智能参加了北京世界机器人大会，获中国国家副主席李源潮和国务院副总理刘延东的现场"点赞"。中国政府领导人勉励他们要在"中国制造2025"规划中发挥更大作用，努力打造国际性品牌。

盾安的国际化在向高端制造进军的同时顺势展开，相继在美国奥斯丁、硅谷通过合资并购等方式设立研发中心。2015年12月，盾安环境在田纳西州孟菲斯成立"盾安精密制造有限公司"，作为其在美国的制造中心，服务美洲区域市场。目前，换热器和管组生产基地首条生产线已投入运营，预计2017年底生产基地将全面达产。

小镇里长出的GE

田纳西是美国乡村音乐的故乡，巧合的是，盾安也是从浙江诸暨的乡间小镇崛起的，那个地方名叫店口，毗邻杭州。1987年，姚新义23岁的时候，在老家店口创办了盾安的前身——振兴弹簧厂。5年后，公司转型做空调配件，并最终做到"全球新增家用空调每2台就有1台使用盾安制冷配件"的业绩，这一直是他们的主营业务之一。此后，盾安的制造业务成功拓展到暖通设备、阀门装备、大型电机、风电机组等领域。

1999年，盾安开始实施股份制改造，姚新义号召盾安所有中高层管理干部和技术骨干参股。员工自己出15%的钱，剩下的85%由企业出，但算是借的，利息参照银行同期贷款利率。"我绝不干送股的事，在我看来，送的东西不值钱。不值钱，怎会得到员工的珍惜？"姚新义说。

正是因为这场改革,盾安较早地脱离了家族制,建立了现代企业制度并实现了股权激励。2004年,盾安控股旗下第一家上市公司盾安环境顺利地在深圳证券交易所挂牌上市,在其上市辅导期时,证券监管部门对这家民营企业法人治理结构之科学和完善感到惊讶。

此后,盾安在资本市场长袖善舞。2011年,盾安民爆产业和上市公司江南化工重组成功,"盾安系"旗下再增一家上市公司。2015年9月,盾安智控旗下的华益精机在新三板挂牌上市。

"我们有7项产品是世界首创,同时有10个产品属于国内首台(套),有174项技术国内外领先,如MEMS传感器、核级空调、核反应堆顶风机等,其中相当一部分业务正在或即将迎来爆发式发展的窗口机遇期。"盾安对于产业投资的一贯原则是"要么不做,要做就要做行业数一数二",而这也正是美国通用电气公司(简称GE)著名的"数一数二"法则对盾安的启发。

在未来5年,盾安集团将初步完成资产证券化,控股多家上市公司,成为年销售额超1000亿元的大型跨国企业集团。这家从浙江小镇成长起来的企业,其"中国GE"的面貌正变得越来越清晰。

(陈率)

鲁统磊 摄

经典语录

1.眼光决定财富,思路决定出路。

2.老板要弱,手下人才要强。老板太强,什么事都亲力亲为,企业是做不好的。(做好企业)关键是要用对人,让专业的人去做专业的事,让合适的人做合适的事。

姚新义与《大趋势》作者约翰·奈斯比特夫妇合影。

鲁统磊 摄

鲁统磊 摄

吴建荣：动漫界的"大胡子伯伯"

吴建荣

浙江中南控股集团董事局主席

重要时刻

2004年，创立浙江中南卡通制作有限公司；

2015年，中南卡通的中南电视有限责任公司

（Zoland TV）成功落户美国。

作为浙江中南控股集团董事局主席，吴建荣因为标志性的两撇大胡子，在中国动漫界有一个颇为亲切的昵称——"大胡子伯伯"。

这位"大胡子伯伯"是从建筑业起家的，而如今他领导的中南控股集团是一家以工程建设、石化能源、高新技术、文化创意、商贸服务、股权投资为主营业务的大型现代化企业集团，如今正成为中国动漫产品最大的出口企业。

"很多人以前是看国外动画片长大的。作为一家中国企业，我希望能够做些改变。"吴建荣表示，中国动漫企业需要向国内乃至全球，传递自己的国粹。

被称为动漫界"大胡子伯伯"的吴建荣与他创造的动漫玩偶。

鲁统磊 摄

让动漫讲述"中国故事"

2016年新年刚过,香港Celestial Tiger娱乐公司在印度尼西亚推出了自己首个儿童频道,联合印尼最大的付费电视公司向全亚洲区域推送节目,帮助孩子们学习中国普通话。中南卡通的《乐比悠悠》成为该频道播出的首批节目。

早在2005年开始,中南卡通就通过参加国外影视展走出国门。2006年3月,原创动画片《天眼》在新加坡的电视频道播出。2015年年末,中南卡通的中南电视有限责任公司(Zoland TV)成功落户美国,杭州的动漫企业第一次有了自己的海外发行频道。截至目前,中南卡通出品的多部动画片进入了世界90个国家和地区的播映系统,并与海内外新媒体播出平台建立了紧密的战略合作关系。

吴建荣说,中南开发的动画片,有许多情节源自古老相传的经典故事。中南通过动画来演绎经典并传播到全球,这就是对传统文化的传承和发扬。事实上13年前,吴建荣抱着"5年不赚钱"的决心带领中南控股集团进入动漫领域时,心中已经有了这个梦想。

30多年来,吴建荣抓住改革开放和城市化的机遇,将建筑业做得风生水起。正是执着和坚守让中南集团成为建筑领域的行业翘楚,承建的多项工程获得了"鲁班奖"、"詹天佑奖"、"国家建筑装饰金奖"等多项荣誉。

这些年,无论外界有多大的"诱惑",他始终没有离开这个主业,不断专注于自己的领域,做大做强。而在坚守实业的同时,吴建荣也从来没有过停止创新的步伐。其中,最为人津津乐道的还是2003年他带领中南集团进入文化产业领域的一次跨界转型。那一年,发展势头迅猛的中南集团宣布进入动漫领域,引发了一片哗然。

眼见《功夫熊猫》在全国热映,吴建荣在幼儿启蒙论坛里发帖质问:现在99%的动画片都是进口的,连外国人都在制作中国题材的动画片,我们为什么不用自己的产品来启蒙中国的孩子呢?

"天眼"和"乐比"

接下来十余年里,中南卡通成为国内最大的综合性原创动画公司之一,动画产品自营出口量位居全国第一,曾一度占全国动画片自营出口总额的80%以上。

从默默无闻的动漫新手到国际动漫市场的生力军,中南卡通出品的《天眼》《乐比悠悠》《魔幻仙踪》《星际飚车王》《锋速战警》《中国熊猫》等动画作品,早已融入小朋友的生活中,"天眼"和"乐比"更成为许多中国孩子的好伙伴。

2005年"六一"首播的《天眼》,在播出后收视率跃居中央电视台少儿频道37个栏目首位。随后,玩具、文具、儿童用品、服装、鞋帽、饮料……小孩子日常接触到的物品,都成为"天眼"品牌的衍生产品。

继推出500集"处女作"《天眼》后,中南卡通又相继推出《天眼小神童》《聪明小天眼》《天眼神虎》《天眼神牛》《天眼有奇招》等后续系列,使得"天眼"卡通形象愈发深入人心。另一个中南卡通打造的动画人物——可爱的小女孩"乐比"也成为中国幼教动漫第一品牌。

中南卡通推出的Rubiyoyo(乐比悠悠)童装、梦想乐园、中南卡通城等动漫产品和体验项目,正探索属于中国人自己的动漫产业发展模式和运营模式。在以动漫为主题的中南卡通城里,小朋友们不仅可以了解到动画片如何制作、体验4D动画,更可以见到许多陪伴自己成长的卡通人物,并在乐比餐厅享用美食。

"有了产业基础,谁的产业链做得越长,产品开发得越好越多,赢利能力就越强。"在吴建荣的蓝图里,一个动漫王国正拔地而起。立足于被誉为"中国动漫之都"的杭州,中南卡通对于"走出去"信心满满。

(张名豪)

鲁统磊 摄

经典语录

1. 企业赚钱是一方面,而教育所带来的影响,却不是金钱可以衡量的。

2. 做企业和做人其实是一样的,并不是靠一天两天就能做起来的,得长远看。

在中南卡通城里,小朋友们可以见到许多陪伴自己成长的卡通人物。

廖春荣:把"Hello Kitty"带回家乡

廖春荣

上海银润投资有限公司董事长

重要时刻

2015 年 7 月 1 日,银润投资建设的中国首家"Hello

Kitty"乐园在浙江安吉开园。

这位高大、沉稳的浙江商人的故事,跟一只粉红色的卡通小猫有关。2015年7月1日,廖春荣打造的中国首家Hello Kitty乐园在距上海不到3小时车程的一个浙江小城正式开园,引来无数关注。

　　这个粉色小猫背后的传奇人物正是上海银润控股集团董事长廖春荣。他的办公室位于上海最顶级的写字楼——上海古北财富中心。身着西装的他认真回答记者的每一个问题,但一说到Kitty猫,一脸严肃的他顿时微笑起来,从书桌里拿出了一个粉红色的小盒子,将一枚精致的Kitty猫胸针放到了记者的手心。

　　"Kitty猫是我女儿最喜欢的朋友。我有一个梦想,为中国的孩子们创造一个充满童真与欢声笑语的世界。"廖春荣说。

廖春荣打造的中国
首家Hello Kitty
乐园。
CFP供图

Hello Kitty"定居"中国

廖春荣在房地产行业摸爬滚打了20多年，打造了上海浦东的"财富海景""古北中央花园"等多处高档楼盘。然而，相比做一位成功的商人，他更看重家庭，更想做一位好父亲。

从女儿那里认识了Kitty猫后，从未涉足旅游业的廖春荣萌生了建一座Kitty童话城堡的想法。到底哪里才适合做Kitty猫的家呢？他选中了一个非常"中国风"的地方，它是电影《卧虎藏龙》的拍摄地，遍地竹海和白茶，也是"联合国人居奖"中国唯一获得县——浙江安吉。

作为Kitty的首个海外家园，也是浙江省首个国际品牌的主题游乐园，廖春荣为整个项目投资约100亿元，前后用了约6年的时间。

在Hello Kitty主题乐园，云雾缭绕的山脚下，各种颜色和大小的Kitty猫在城堡中迎接着游客，当"Kitty公主"跟其他王子和公主们穿着礼服在人群中表演时，更像是走入了梦幻般的童话世界，到处是孩子们的嬉闹和欢呼声，一切都是廖春荣梦想的模样。

不过，廖春荣告诉记者，"Hello Kitty家园"只是他计划的一部分，目前建成的乐园只占到整个项目的1/4左右，"重头戏"是正在推进的"Hello Kitty天使旅游特色小镇"。将来，从酒店到购物，整个小镇都会被Kitty猫"占领"。他真正想打造的，是一种充满童趣的、快乐的生活方式，而Kitty猫有一种魔力，能够唤起所有热爱她的人对童年的甜蜜回忆。

目前，已建好的Hello Kitty主题乐园提供了1500个左右的工作岗位，未来延伸出的旅游特色小镇预计常住人口3万人，将带动6000人就业。

廖春荣对未来很有信心，他认为，上海和浙江是中国最富裕的地区之一，从发达国家旅游业的发展规律来看，经济发展到一定阶段后，都市人度假方式都在朝特色乡村小镇转移。"旅游特色小镇建成后，一定会吸引大量都市白领们来体验童话般的乡村度假生活，我们只是在提前布局和探索。"

平凡人的平淡生活

和众多同时代的浙商一样，廖春荣20岁不到就在外打拼，从1992年在浙江宁波成立房地产开发公司开始，一点点将业务扩张到上海，乃至全国。如今他掌控的上海银润控股（集团）有限公司是中国最知名的房地产公司之一。回顾走过的路，他认为："做企业最关键的是要脚踏实地，一步一个脚印向前走。"

廖春荣的办公室布置非常简单，办公桌上只有一台电脑和摆放整齐的文件，背后墙柜里摆满了与家人的合影，墙上挂着"上善若水"书法条幅。"上善若水"来自老子的《道德经》，意为一个人最高的品德境界如水一般，可以滋养造福万物，却不与万物相争。

像水一样，过"平凡人的平淡生活"也是廖春荣反复提及的，尽管外界给了他很多荣誉，他对自己的评价始终是"一个平凡的人，是660万浙商中的一位，150万侨商中的一位"。2015年10月，浙商总会在杭州宣布成立，阿里巴巴集团董事局主席马云当选会长，廖春荣等十位知名浙商当选副会长。这时候，他才不得已出现在镁光灯下。

行事低调、奉行"做多言少"的廖春荣默默做着慈善，他以父亲的名义在家乡温岭捐资1000万元，设立"廖岳松先生助困基金"，还在浙江省慈善总会建立"银润慈善基金"。数年来，廖春荣慈善捐赠金额累计已达人民币6000万元。他说："因为我非常热爱自己的家庭，觉得自己特别幸福，也想把幸福带给更多的家庭。"

（牛金霞）

鲁统磊 摄

经典语录

1. 就社会责任而言,企业家做慈善绝对是义不容辞的义务。

2. 既应当"脚踏实地"做好企业,又应当"量力而行"做大做强企业。

Hello Kitty 乐园的音乐烟花秀。
CFP供图

屠红燕：中国丝绸法国造

屠红燕

万事利集团董事长

重要时刻

2013年，万事利集团对外宣布完成对MARC ROZIE
的收购；

2014年，万事利集团引进爱马仕集团核心管理层成
员、爱马仕纺织控股集团CEO巴黎特；

万事利集团的作品出现在2008年北京奥运会、2010
年上海世博会、2014年北京APEC等盛典中。

2013年11月的一天，欧洲丝绸之都里昂城，万事利集团董事长屠红燕神采奕奕，身着一袭黑色连衣裙，佩戴着自己最喜爱的翡翠手镯出现在签约仪式上。与她对饮欢庆的是她亦师亦友的先生——万事利集团总裁李建华以及法国老牌丝绸企业MARC ROZIER的管理者。

  随后不久，万事利集团对外宣布完成对MARC ROZIE的收购，MARC ROZIER将为万事利提供高品质丝绸产品代工服务。"中国丝绸法国造"引起业界轰动。

  MARC ROZIE的丝巾制造历史比爱马仕还长近50年，是欧洲仅存的两家能够做超高难度提花工艺的工厂之一，它为世界上40多个一线奢侈品牌提供丝巾、披肩配饰等产品的设计制造服务。

  "中国企业只有具备了国际化视野，再融入中国传统文化、世界一流设计、高端制造品质等元素，才能做出与众不同的产品，这才是属于从中国走出去的世界品牌。"屠红燕说，这一步为万事利成为"世界级奢侈品品牌"埋下种子。

万事利形象图。

培育中国奢侈品

"中国丝绸法国造"的消息吸引了一位热爱丝绸的法国人。2014年5月，曾任爱马仕集团纺织控股有限公司CEO的巴黎特·博讷丰（Patrick Bonnefond）专程从法国里昂赶到杭州实地考察万事利。

"万事利已经具备成为丝绸奢侈品品牌的实力。屠总的个人魅力、万事利对丝绸的热爱，让我刮目相看，我被征服了。"从屠红燕手中接过丝质聘书时，这位曾经帮助爱马仕丝绸板块营业额增长2倍、利润增长3倍的行业精英感慨地说，"万事利对整个丝绸产业有着很大的贡献。"

除了担任万事利丝绸文化股份有限公司CEO，巴黎特也担任了MARC ROZIE的CEO，负责集团丝绸板块的人才培养、品牌构架、国际化发展战略的研究与实施，以及推进万事利"法国制造"高端丝绸品牌在中国市场以及欧洲市场的重点布局。

"我希望全球最好的资源都能为万事利丝绸所用。"在屠红燕看来，运用国际要素，最大的收获是进一步提升了万事利对品牌的认知，"我们知道建立一个高端品牌，最重要的是产品品质，并且对品质的注重关乎产业链的各个环节，包括原料采购到设计、打样、提花织造、染色过程、制造生产等。"

依托这一理念，万事利在国内丝绸奢侈品市场高举高打，推出由屠红燕亲自担纲设计总监的高端零售品牌"凤凰之家"。目前，万事利已先后进驻北京、上海、深圳等十余个城市的商业中心，2016年计划布局20家，全面提升品牌服务能力。

树百年世家

屠红燕1971年出生在中国历史上著名的丝绸重镇杭州笕桥，母亲沈爱琴就是当地颇有名望的丝绸世家沈氏后人。屠红燕4岁时，母亲创办了笕桥绸厂（万事利前身）。随后，沈爱琴在改革开放的大潮中与娃哈哈集团董事长宗庆后、万向集团董事局主席鲁冠球等浙商标志性人物一道大胆开拓，创下了各自的一番天地。

万事利丝绸文化
博物馆一角。

在法国奢侈品界有一个单词，英文拼写为"MAISON"，中文大意为"世家"。传世的百年品牌，世界的顶级品牌，都会被称为世家。2012年1月的公司年会上，屠红燕与母亲深情相拥，接过万事利集团"权杖"的那一刻起，她的肩上便承担起了创建"万事利世家"的职责。

接手企业后，屠红燕便奠定了不同以往的现代化企业管理模式。用她的话说，前行，需要更新的力量，更多的坚持。这种风格亦让她在中国"二代"企业家中光彩熠熠，引人瞩目。

屠红燕在集团确立了"从产品制造转向文化创造"的战略方针，重点发展以高档礼品、高档服装为主的丝绸产品，并逐渐从初级的产品营销向品牌化经营转变，将万事利的产业模式带至全新高度。

2008年北京奥运会的青花瓷礼服、上海世博会赠送195位国家元首的丝绸金石印谱、2014北京APEC领导人穿着的宋锦华服……各种国际盛典中，总能见到万事利的作品。杭州申办2023年亚运会时，中国代表团带去的以艾哈迈德亲王肖像为题材的丝绸织锦画，也出自万事利。

此外，万事利在丝绸文化的挖掘、传承、保护与弘扬上不遗余力，费尽心血，专门打造、复建了三个博物馆，分别从历史文物、织造文化和工艺体验的角度来展现和传承丝绸文化。

（徐俏俏）

鲁统磊 摄

经典语录

1. 让民族的成为世界的。

2. 万事利品牌从国内走向国际，必须具备国际化的视野，必须具备参与国际化竞争的能力，这样才能让自己的品牌和国际大牌同台竞技。

俞苗玲 摄

丁磊：让华尔街信任的年轻人

丁磊

网易董事局主席兼首席执行官

重要时刻

2000年6月，网易在纳斯达克正式挂牌上市；

2003年，《福布斯》中国富豪榜发布，丁磊成为中国内

地首富；

2015年1月9日，网易公测旗下跨境电商平台考拉海

购，进军跨境电商领域。

2016年3月29日,丁磊以一身不甚考究的装扮出现在网易考拉海购发布会现场时,很多人开始对网易旗下的这一跨境电商平台产生了更多的联想。伴随着中国中产阶级的兴起,这个人群通过跨境电商平台购买优质产品的愿望变得愈加强烈。而丁磊的网易考拉海购,目标直指这个人群。它的目标是独立上市,孵化出另一个网易。

　　这一天距离丁磊只身闯入纳斯达克,成为中国内地最年轻的首富已10年有余。作为中国最早一批互联网界的旗帜性人物,丁磊自那时起便受到了美国商界人士的关注。丁磊的故事与华尔街很多传奇人物的故事有相通之处,他身上对技术的信仰、对危机的把控能力,都极易引发华尔街的共鸣。而这,正是丁磊作为中国商人的一个不可忽视的显著特征。

网易公司外景。

让中国人在全球轻松买货

今年45岁的丁磊，身材微胖。任凭外界风云起伏，他的脸上总是挂着笑容，你很难从他的身上读出焦虑。

在全球互联网狂热于兼并重组的年代，网易并未出击。尽管如此，网易仍以200亿美元的市值遥遥领先于新浪与搜狐的20亿美元市值，仅次于BAT与京东。

相比过往的战略性产品，网易考拉海购在这一历史时刻的出场时间略迟于同行。2015年是跨境电商爆发性增长的一年，也是巨头蜂拥而入的一年。姗姗来迟的网易电商并未被抢先入驻的资本所慑服，而是尽力地汲取先驱者的失败经验，以"自营直采跨境B2C商城"跨入这一全新领域。

丁磊很少为网易的产品亲自站台，网易考拉海购却让他甘愿成了一位"超级买手"。网易考拉海购组建了一支专业的海外商品采购团队，丁磊曾经数次带领该团队赴海外原产地筛选、采购。他还放出豪言，希望未来3至5年，网易考拉海购可以达到500亿~1000亿元的市场规模。

网易考拉海购弥补了网易产品生态圈构建的缺失，它正在以生活场景与购物行为打通的方式，通过网易旗下的媒体、邮箱、游戏、音乐等诸多大体量平台与用户实现多层联结。

中国游戏界的"暴雪"

过去几年，许多中概股因不被看好纷纷离开华尔街，回归中国股市，网易是个例外。在纳斯达克，网易的股价一直稳如泰山。

与众多互联网企业不同，网易并不热衷于眼花缭乱的投资并购，而更喜欢在内部试水各类业务，将业务版图掌握在自己手里。不管是游戏、新闻、云音乐、邮箱、公开课还是网易考拉海购，网易系产品几乎都是内部"产出"。

作为美国知名游戏公司暴雪旗下《魔兽世界》的中国代理商，网易凭此获得了巨大的利润。丁磊从中发现了游戏在中国市场的巨大空间，他不再满足于做一个代理商，而是决定自主研发更加适合中国市场的网络游戏。网易开发的《大话西游》《梦幻西游》火爆了10年，而通常一款游戏的生命周期只有1～2年。这种强大的生命周期,主要得益于网易的精品策略。

网易系游戏产品的平均开发时间要比业内高出2倍。《梦幻西游》手游从立项到推出就花了近2年时间。网易的另一款经典产品《乱斗西游》,迭代4次,美术重构3次,主角人物设计了382个预设模型,淘汰了351个。凭借认真的态度和匠心,网易很快从网络游戏领域的"小人物"变成该领域的巨头之一。

华尔街越来越信任的人

1997年是中国互联网启蒙之年,三位中国青年张朝阳、丁磊、王志东在这一年内陆续创办了搜狐、网易与新浪三大门户网站。此时,大洋彼岸的美国互联网投资正处于酣战阶段。次年,丁磊即带领只有8人的网易赢得了500万元的账面利润。随后的2年里,在丁磊身上,上演了登上巅峰、短暂陨落继而又被冠以"首富"之名的跌宕剧情。

在1998年至2000年间,网易创造了很多个中国互联网的"第一",并成功登陆纳斯达克。然而,2000年美国极速扑来的互联网泡沫,让这位年轻人还没来得及高兴,就遇到了大麻烦。网易股价在挂牌首日跌破发行价,后又因误报财报收入而收到停牌通知。面对危急的局面,丁磊选择了抗辩。网易的抗辩最终赢得了华尔街的信任。此后,丁磊将网易的三大业务重点锁定为在线广告、无线互联和在线娱乐。

机会接踵而来。2002年中国迎来了短信爆炸,在遍布中国的网吧里,年轻人们尖叫着大把花钱。网易因先人一步的战略部署获得了巨大利润,股价连续暴涨,丁磊的的纸面财富跃上了50亿人民币的台阶,创富速度在中国史无前例。那时的网易刚满6岁,而丁磊自己也还不过32岁。

或许是最初的震荡让丁磊意识到,只有充沛的盈利能力才能给予企业最大的安全感,此后,网易的盈利水准因业务布局逐年增长。2015全年度财报显示,网易净收入为228.03亿元,净利润 67.35亿元。其中在线游戏业务是网易名副其实的"现金牛",为网易贡献了近76%的总营收。

(吴美花)

经典语录

1. 企业最后是被谁打死的？是自己把自己打死的。

2. 人生是个积累的过程，你总会有摔倒，即使跌倒了，你也要懂得抓一把沙子在手里。

2001年，网易正式成立在线游戏事业部，自主研发网络游戏。

CFP供图

王麒诚:全球十大80后创业者

王麒诚

汉鼎宇佑集团董事长

重要时刻

2012年3月,"汉鼎股份"在创业板上市;

2016年,王麒诚被《福布斯》评选为"世界十大10亿

美元80后富豪"。

戴着黑框眼镜、坦率健谈的王麒诚看起来就像是你我身边普通的80后青年。然而他却靠着自己双手打拼,成为A股市场上最年轻的上市公司老板。睿智、坚定、张扬、战斗力十足……他身上拥有一切80后创业者的成功基因。

　　2016年2月,王麒诚和Facebook创始人马克·扎克伯格、碧桂园副董事长杨惠妍、聚美优品CEO陈欧等人一起,被《福布斯》评选为"世界十大10亿美元80后富豪"。在媒体铺天盖地追捧之时,王麒诚却不以为然:"没有什么光环,也无所谓人生赢家,创业只是我自己的选择。"

鲁统磊 摄

8个月赚取第一桶金

中国杰出青年企业家、胡润百富中国青年领袖、A股最年轻的上市公司老板……就在众人给王麒诚冠上人生赢家、传奇等字眼时,他却说,自己就和这个时代千千万万的创业者一样,只是勇敢闯出去了!未来总在想象之外。

2001年,还在浙江大学工商管理系读大二的王麒诚,通过一次偶然的机会认识了一位销售光纤收发器终端设备的伙伴,他得知这类产品销路广、利润高,于是决定跟这位伙伴合作创业,成立自己人生中的第一家公司"法华网络"。"那时候大学生创业还不像现在这样受到推崇和鼓励。"在创业潮涌的今天,王麒诚这样回想十多年前的这段经历。8个月后,王麒诚的第一次创业划上句号,他淘到了人生中的第一桶金——100万。

这次创业初体验,被王麒诚定义为玩票性质的"创业实习"和"创业热身",但第一桶金带来的满足感和成就感也让王麒诚深深地迷上了创业。"这次'试水'让我对创业产生了极大的兴趣,感受了创业的魅力,最重要的是,有了信心。"

10年做到市值200亿

开始迷上创业的王麒诚,一直在寻找毕业后创业的领域。大四时,他到浙大中控的教育事业部实习。当时,浙大中控在各大学校推广教育系统智能化,王麒诚第一次接触到了智能化,并从中嗅出商机。2002年11月,浙江汉鼎科技发展有限公司成立,这就是汉鼎信息科技有限公司的前身。

汉鼎成立初期,为了让行业内知道自己的存在,王麒诚带着团队疯狂投标,一年投100余项,平均下来几乎3天就投一次标。也正是这一年,这个4个人的小公司投中2个,总计800万元的项目,公司迅速走上正轨。王麒诚开始布局"智慧城市"——这是一个以技术改变城市生活的美好愿景。

天道酬勤。2012年,汉鼎股份正式登陆深交所,王麒诚成了第一位A股上市公司80后实际控制人,十年剑指资本市场,他向商业世界发出了来自中国80后创业者的声音。2015年,汉鼎市值更一度突破200亿元人民币。

以世界视野吸纳合伙人书写传奇

扎根中国,同时具有世界视野。2006年,王麒诚开始组建汉鼎宇佑集团,如今,集团已在巴黎、温哥华、首尔、香港、东京、台北、多哈、阿尔及尔、旧金山等9大城市设立办公室。

事实上,早在2012年,汉鼎就已经走出国门,在中东、北非等地承接了不少项目,赢得良好口碑及赞誉。其中包括阿尔及利亚阿尔及尔国际会议中心弱电工程项目、阿尔及利亚大清真寺项目、康斯坦丁万豪酒店智能化工程项目等。目前,公司在阿尔及利亚还有百余人的团队,他们继续在异国他乡打拼,为汉鼎的荣誉而战。

国际上的交流也不少。今年4月底,中国高校北美校友会联盟在曼哈顿举办首届发展论坛与创业大赛,王麒诚作为嘉宾参加,并发表对自己白手起家创业经历的看法:"创业不仅仅是幸运和辛苦,更需要战略和智慧。"

在王麒诚的理念中,汉鼎将基于"双赢"的充分分享机制,致力于吸纳全球范围内互联网、传媒、健康、金融、智能硬件等领域的业界翘楚成为合伙人,分享汉鼎宇佑高速成长的红利,助力汉鼎宇佑书写传奇、改变世界。

未来十年打造千亿汉鼎宇佑生态圈

从创业者转型为投资人,王麒诚游刃有余。如今坐拥汉鼎宇佑庞大的生态系统,他又化身企业家圈内的"生态狂人",在2016年4月举行的"80后企业家峰会"上,王麒诚公布了旗下汉鼎宇佑集团这样一组数据:5大板块、19个领域、133家公司、千亿生态。

依靠总是快人一步的商业嗅觉,王麒诚在2015年开启了向汉鼎2.0版本的转型,如今的汉鼎宇佑,已经发展为商业帝国。除了控制A股上市公司,集团控股或参股的子公司达到133家,其中净利润过亿元的超10家。"汉鼎2.0版本未来公司数量远远不止133这个数字。这些公司会相互作用相互协同,以后我们要变成呼唤风的人,要有逆风而起制造风口的勇气。"王麒诚说自己的终极理想是,在中国实现属于汉鼎的千亿生态集群,如今"汉鼎生态"这个隐形大象的蓝图,已然清晰可见。　　　　（张鲁楠）

2015年1月,王麒诚荣获"风云浙商"称号。

鲁统磊 摄

经典语录

1. 创业要找最"便宜的钱"(指轻资产行业),选最正确的"跑道"。如果跑道错了,你再努力都没有用。在风没有起来之前,你就要站到有利的位置上,等到风起来了再布局就太晚了。

2. 汉鼎不是计划出来的,是"现在、立刻、马上"干出来的。

后记

　　G20峰会在浙江杭州举行,讲好浙江故事,是一个千载难逢的机会。浙商身上集中体现了中国改革开放以来的企业家精神,他们是活跃于世界舞台的生意高手;他们的故事,正是中国经济融入世界的故事。

　　为充分挖掘最能体现中华文化、最能展示浙江精神、最能反映杭州特色的记得住、印象深、易传播的浙江故事,浙江省在G20杭州峰会期间隆重推出"美丽浙江"系列书刊,其中就包括这本《站在世界舞台上的浙商》一书。

　　《站在世界舞台上的浙商》是集体创作完成的,从策划、撰稿、编排到出版发行,历时100多天。《浙商》杂志组织记者承担了主要的撰稿工作,几易其稿。特别要提到本书浙商名单的遴选,因为每一位浙商都是一本市场经济的教科书,放弃任何一位都很可惜。经过多层考虑、筛选与审定,最终呈现的是"国家元首座上宾的马云""收购沃尔沃的李书福""挺进美国的中国常青树鲁冠球",以及"千亿企业的女掌门冯亚丽"和"全球十大80后创业者之一的王麒诚"等20位杰出浙商代表。

　　在创作过程中,编委会多次听取各方意见,修订提纲,调整结构,选定照片,并经企业家本人确认后对稿件作了必要的修订,使书稿框架更加适合国际友人了解与阅读。各企业对出版本书的关注和给予的大力帮助,在此一并感谢!

本书展现了一幅幅浙商与世界共舞的画面:跨国发展,一路领先,鸿篇巨制,风起云涌……从改革开放之初到新世纪以降,行走于世界经济舞台的浙商,正描绘着从国际贸易到国际投资、从"走出去"到"走进去"的巨型卷轴。海阔天空任我行,浙商正张开双臂拥抱一个全新的国际化时代。

一颗颗火热的心,凝结成珠玑般的文字,犹如一颗颗光滑闪亮的珍珠,串成这本带着淡淡墨香的《站在世界舞台上的浙商》。感谢你们,因为有了你们的支持和参与,这本书才有了如此厚重的内涵。由于时间、人力等方面的限制,本书在撰写、编辑的过程中若有疏漏,恳请读者谅解,并提出宝贵意见。

《站在世界舞台上的浙商》编委会
2016年6月

图书在版编目(CIP)数据

站在世界舞台上的浙商 /《站在世界舞台上的浙商》编委会编.
-- 北京 : 红旗出版社，2016.7
ISBN 978-7-5051-3826-1
Ⅰ. ①站… Ⅱ. ①站… Ⅲ. ①企业管理－研究－浙江省
Ⅳ. ①F279.275.5

中国版本图书馆CIP数据核字(2016)第148079号

站在世界舞台上的浙商

《站在世界舞台上的浙商》编委会 编

出 品 人:高海浩
总 监 制:李仁国 朱仁华
总 策 划:徐 澜 臧 铯
责任编辑:陈 桔 赵 洁
特约审稿:陈晓嘉
责任校对:刘宁宁
装帧设计:高建定 陈海伟
图片提供:CFP等
出版发行:红旗出版社
地 址:(南方中心)杭州市体育场路178号
E－mail:672329804@qq.com
发 行 部:(北京)010-64037151
(杭州)0571-85311330
欢迎项目合作 项目电话(杭州)0571-85310271
印 刷:杭州富春电子印务有限公司
开 本:889毫米×1194毫米 1/24
字 数:120千字 印 张 5.75
版 次:2016年7月北京第1版 2016年7月杭州第1次印刷
书 号:ISBN978-7-5051-3826-1
定 价:30.00元